新妹魔王的契約者 8

The Testament of Sister New Devil

上栖綴人
插畫○大熊猫介

Kadokawa Fantastic Novels

彩頁／內文插畫　大熊猫介

The Testament of Sister New Devil
新妹魔王的契約者 8
Kadokawa Fantastic Novels

東城刃更
Basara Toujou

➤澪和萬理亞的「哥哥」，能使用異能「無次元的執行」。

成瀨澪
Mio Naruse

➤前任魔王的女兒，刃更的新「妹妹」。

成瀨萬理亞
Maria Naruse

➤慫恿刃更和澪締下主從契約的「小妹」，蘿莉色夢魔。

野中柚希
Yuki Nonaka

➤勇者一族的少女，喜歡青梅竹馬的刃更。

野中胡桃
Kurumi Nonaka

➤柚希的妹妹，最近住在刃更家。

潔絲特
Zest

➤被刃更救回的魔族美女，誓言對他效忠。

長谷川千里
Chisato Hasegawa

➤刃更學校的保健室老師，正到不行。

The Testament of Sister New Devil

ConTeNts

發現自己探尋已久的真相，裹著一層溫柔的謊言時，
該選擇「令人閉眼的溫柔」，還是「接觸真相的勇氣」？

第1章 各個承諾的結果

1

眼前，是個朝陽和煦探射的空間。

位在穩健派根據地維爾達近郊，無數茂盛林木滿覆大地的奧朵拉森林中。

這生機盎然的森林深處，某個平時只有動物經過的角落，來了一群人。那是剛終結足以左右魔界歷史的決鬥，即將返回自身世界的人們，以及為其送行的隊伍。

「真的很感謝妳這段時間的照顧……有妳在身邊，真的幫了我們很多。」

成瀨澪和柚希等女孩，一起向某位少女告別。

少女——侍女諾耶牽起澪的手，依依不捨地說：

「澪大人……您竟然這麼快就要走了。」

「……嗯。對不起喔，諾耶。」

澪也輕輕回握對方的手，而那似乎更加深了諾耶的離愁，讓她更難過地說：

「再怎麼說，這麼早回去也太急了點……」

穩健派與現任魔王派的決鬥，在遭到樞機院密謀安排的魔神凱歐斯擾亂，並以擊退凱歐斯的結局落幕後——至今也不過兩天時間。而這兩天，還是醫師為眾人治療激戰傷勢後所要求的靜養期，以及確認、商討日後決議的最低所需時間。

「……諾耶，謝謝妳的好意，可是我們真的不能久留。」

說話的是柚希。柚希和澪同樣，在諾耶的帶領下遊覽維爾達市區，與她有許多接觸。如今互道再會，臉上也有些遺憾之色。

「我們該做的事都做完了，所以必須儘早離開魔界。」

她身旁的胡桃也點頭表示同意。

「對呀。要是待太久，搞不好還會冒出其他問題。」

沒錯——澪等人急著趕回人界，是出於幾項理由。

他們來到魔界，是人界時間十二月二十五日與二十六日交接點，算上來到這裡後所經日數，第三學期已經開始。澪幾個相當重視刃更「儘可能以自身普通日常生活為優先」的想法，當初也因此將前往魔界的原訂時間延後一個月，直到期末考結束再出發。

——當然，缺曠課日數或成績等數字，只要使用魔法或其他方式就能竄改；若單純只想升上二年級，問題很容易解決。

第1章
各個承諾的結果

……但是。

為了那種事使用異能，只會讓自己離普通人愈來愈遠。那不僅不尊重自己的日常生活，甚至堪稱是親手使自己活在謊言中的行為。而且除了人界的日常問題之外，澪等人滯留魔界也可能產生其他危險。

——穩健派與現任魔王派的決鬥，是一場魔界的未來之爭。

且不論後果如何，澪等人在這一役上的功績確實十分巨大。

因此，他們被穩健派稱為英雄，受民眾高度支持，希望能成為新的統率。

相對地，現任魔王派等其他各方勢力，則很容易將他們的戰力與影響力視作威脅。在這樣的狀況下——現任魔王很快就提出休戰要求，而穩健派也隨即接受。

拉姆薩斯在擊退凱歐斯後就不曾與澪等人見過面，沒人曉得他對此事作何想法。據其副官露綺亞，以及有賢老之稱的克勞斯推測，雷歐哈特很可能在背地裡以打倒樞機院為目的，而如今他的悲願已經達成，不如就此讓現任魔王派與穩健派休戰，進而和平共處——而最後多半會演變成締結條約，成為軍事同盟國。

如此一來，雙方領導人雷歐哈特與拉姆薩斯，其中一方迎娶對方陣營的女性為后，鞏固彼此關係——甚至澪與雷歐哈特成親，也不足為奇。然而——

……我已經死會了。

成瀨澪一點也沒有那種意思。

她早已決定將自己的一切獻給什麼人，只是目前仍不知那會以何種形式實現。這次的魔界問題僅是暫告一段落，並沒有完全解決，以整個人生的角度增進雙方關係還嫌太早。

……儘管如此。

那個人絕對不會變心。唯有這點，澪能夠說得斬釘截鐵。

所以澪在那場決鬥上，不將自己當作威爾貝特的女兒，宣告自己要以一個人類——少女成瀨澪的身分，繼續活下去。

——也因為如此，澪必須積極表示她當時沒有半句虛假。

而最實際的作法，便是如柚希所言，盡最快速度離開魔界。

當澪等人思索該如何讓諾耶明白這些緣由時——

「！——呀啊啊啊？」

一隻從旁伸來的小手像舌頭一樣滑過諾耶的臀部，嚇得她跳了起來。同時，一道年幼的聲音告誡道：

「——諾耶，不可以讓澪妹妹她們太傷腦筋喔。」

澪幾個往聲音的來源低頭看去，發現諾耶身邊不知何時多了個外表幼小的夢魔。

「雪菈大人……」

第1章
各個承諾的結果

潔絲特驚訝地道出她的名字後，幼小夢魔不停揉著諾耶的臀部說：

「要是妳這麼不懂事——小心被那孩子罵得狗血淋頭喔？」

「非、非常抱歉！我、我去看看馬車狀況！」

諾耶滿臉通紅地鞠個躬，要逃離雪菈鹹豬手似的跑向載澪幾個來此的馬車。接著，萬理亞緊張兮兮地對雪菈問：

「那個，媽媽……露綺亞姊姊大人沒有來嗎？」

萬理亞會這麼問，是由於大家從東城家來到魔界時，走的是露綺亞所建構的次元境界。跨越次元，連結魔界與人界——兩個不同世界的技術，並不是常人所能，所以原先預定由露綺亞為他們開啟通往人界的次元境界。與來時同樣，選擇從奧朵拉森林回去，是出於風險管理上的考量。在維爾達城境內建構聯外通道，是必須避免的事。

……而且這一次——

在城內作那種事，很可能會引來大批送行群眾，造成不必要的麻煩。選擇在奧朵拉森林出發，也是為了讓澪等人能祕密地回到人界。不過，那也得露綺亞來到這裡才能成事。

「露綺亞還在城裡替『會談』的準備作最後檢驗，好像暫時忙不過來呢。這也是沒辦法的事。」

雪菈聳聳肩說。

「畢竟不只是維安問題，每件事都得打點到萬無一失才行嘛。」

雪菈所說的「會談」，是指穩健派與現任魔王派領導人，拉姆薩斯與雷歐哈特，預定於今日舉行高峰會，研議雙方今後如何和平共處。為避免節外生枝，兩派的和平會議必須像澪等人得儘快離開魔界般迅速進行。於是雷歐哈特認為雙方領導有溝通的必要，便在提出休戰要求的同時提議，促成了這次會談。

「那送我們回去的次元境界怎麼辦……？」

「喔，我來幫妳們開，別擔心。」

雪菈眉頭也沒皺一下就回答了澪的問題。

「……雪菈小姐開？」

雪菈對感到意外的柚希說：

「是呀，教露綺亞怎麼建構次元境界的就是我嘛。雖然她已經非常熟練，但是論操弄空間的技術，我還遠在她之上，你們儘管放心。」

蘿莉夢魔媽得意得呵呵笑了起來。

「既然是媽媽來辦，我就放心了……」

作女兒的萬理亞，也吐出認同的話。當然，澪等人對此沒有不滿，對於雪菈構築的空間通道精密度及純熟度有多麼高，她們也曾親眼目睹。

第1章
各個承諾的結果

——然而，澪等人也依然無法就此出發。

所以，成瀨澪發問了。

「雪菈小姐……刃更和拉姆薩斯伯父還要談很久嗎？」

沒錯——刃更現在並不在場。這是一行人準備出城時，刃更表示有事和拉姆薩斯談，其他人應其要求先走一步的結果。

因此，所有人都以為刃更一和拉姆薩斯談完，雪菈就會利用空間通道帶他過來……結果雪菈自己先來一步，表示他會用其他方式過來嗎。

……刃更……

自己與拉姆薩斯的關係，說客套話也稱不上好。尤其是刃更和拉姆薩斯，還曾有過一場澪幾個所不知的爭執，幾乎一觸即發，刃更因此遭受禁令，不准離開客房。當澪開始為刃更擔心時——

「不用擔心。都到了這個時候，他們兩個沒什麼好爭的，也沒有那種念頭吧。我想，拖這麼久只是因為他們談的事情牽涉層面比較廣而已。」

大家都明白，刃更應該有很多事想和拉姆薩斯談。

而且——也知道那些事都相當重要。

……因為。

刃更對戰雷歐哈特和魔神凱歐斯時，曾釋放與澪相同的紅色氣場，甚至能斬出重力波。據說，那股力量是繼承自他的「母親」。

澪等人聽說這件事，是在擊退魔神凱歐斯——能夠冷靜對話之後。刃更在前往倫德瓦爾前，從迅口中得知母親的身分，便請雪菈祕密準備藥劑，使自己隨時能進入容易使出那種力量的狀態，作為決戰現任魔王派的絕招之一。

所以離開魔界前，刃更可能會想向拉姆薩斯多探聽些關於母親的事。既然拉姆薩斯是威爾貝特的兄長，自然也是刃更之母的兄長——也就是澪和刃更的伯父。

而那是絕對不能公開的祕密。

……可是。

在戰場上公開那種力量，引來了部分人士對刃更出身的各種臆測。儘管表面上聲稱，那只是聞名魔界的偉大夢魔雪菈，製造了那種效果的藥讓他服下，然而只要詳查刃更的靈子波形，這藉口馬上就不管用了。這也是澪等人必須儘快返回人界的原因之一。

「放心放心，大家對刃更的注意只是一時，很快就會退的。他的身世是沒有實據可以證明的事，不過魔神凱歐斯復活和樞機院成員全部死亡，可是鐵一般的事實。過去爭戰不斷的穩健派和現任魔王派，可是要在這個混亂尚未平息的狀況下結締休戰協議，攜手向前喔？」

這樣妳們明白了吧？

「事態已經開始往下一個階段前進了……整個魔界關注的焦點，一下子就會轉到拉姆薩斯和雷歐哈特這兩位主角身上。妳們只要再等一下，然後趕快回人界就沒事了。現在，我們來談點別的。」

雪菈話鋒一轉，說道：

「之前我也說過了，其實我有點擔心妳們未來的關係。」

「咦——……？」

意想不到的話，使得澪幾個都錯愕地睜圓了眼。

「刃更他們大概還要再談一陣子……我就利用一下時間吧。」

苦笑的雪菈，眼中深處藏著一絲絲冰冷。

「——和妳們聊聊刃更弟弟本身的『危險性』。」

2

當召開於維爾達城的兩派高峰會即將開始之際。

指揮籌備工作的露綺亞，已對維安計畫等各種事項做完最後的確認。

她的人，並不在布置為議場的大廳裡。

而是在能夠盡覽維爾達市區的塔頂上。目前除了露綺亞之外，這裡還有兩個人。

「請等一下。這不就表示從今以後——」

「——沒錯。從今以後，穩健派基本上不會與你們再有牽連。」

露綺亞候在一小段距離外，看著主人——拉姆薩斯冷冷地回答刃更的問題。

——此刻，刃更與拉姆薩斯的視線並無交集。

刃更注視著拉姆薩斯，然而拉姆薩斯卻背對著他，他俯視眼下寬廣的維爾達市區，沒其他動作。

拉姆薩斯剛告訴刃更的，是穩健派等魔族，日後將對刃更等人所採取的態度。事前，露綺亞已聽過主人說明。

「你們對於自己有多容易成為魔界新爭端，應該多少有點自知之明吧。」

拉姆薩斯聲音低沉地說：

「我們即將與現任魔王派結為軍事同盟，正面臨關鍵性的一刻；要是再與你們妄加聯繫，兩派之中難保不會有人想藉題發揮，也會給周遭其他勢力製造不必要的懸念和猜疑。」

因此——

「為了避免那種情形，我們魔族要盡可能與你們斷絕接觸……當然，無論是否這麼做，

第1章
各個承諾的結果

雙方都可能出現圖謀不軌之徒，所以我會繼續讓萬理亞跟著她。再加上與你結下主從契約的潔絲特，就自保而言，戰力應該十分足夠了。然而——」

拉姆薩斯補充似的說：

「為確保公平透明，將與我們結盟的現任魔王派，應該也會繼續派人監視。不過立場並非敵對，單純只是避免我們和其他勢力利用你們的力量或影響力，保障你們的生命安全。既然那個女孩會帶著威爾貝特的力量回去，這點條件我還接受得了。」

此外——

「假如你們身上發生嚴重問題，穩健派與現任魔王派將以最快速度派出代表，做出公正的協議——並執行解決方案。」

這表示，一旦刃更等人陷入緊急狀況，若有必要，兩派都會介入處理。

「……這麼一來，我們就能過得放心多了，謝謝你們。」

「——你是不是誤會什麼了？」

拉姆薩斯以警告口吻對才剛道謝的刃更說道：

「假如事情嚴重得超乎我們的預期，判斷難以進行救援，很有可能反過來親手消滅你們，以避免傷害繼續擴大啊。」

「…………………」

刃更以沉默回答拉姆薩斯的冰冷言語，可是——

……刃更先生？

看著刃更的露綺亞不禁蹙眉。

因為他的表情不僅不僵，還變得相當平穩。

「看樣子，你是真的打算從頭到尾都保持那種冷漠的態度……對吧。」

刃更聽似感嘆地如此低語後，吐一口氣。

再對拉姆薩斯直話直說：

「你真的想繼續隱瞞事實，和澪就此告別嗎？」

東城刃更，看著拉姆薩斯對他緩緩回頭。

「……你在說什麼？」

接著，探詢刃更話中「真意」似的這麼問。

「我剛說的沒有任何證據，純粹是我自己的推測。」

下了如此前言後，刃更開始解釋。

那是他與現任魔王派決鬥前——從擬定貝爾費格暗殺計畫到實行的這段過程中，抽絲剝藴而得出的「真相」。

「你至今對澪的態度和待遇，老實說感覺不到一點善意。無論她陷入怎樣的危機，也堅決不增派萬理亞以外的護衛，屢屢做出輕忽澪性命的決定……你一直徹底地閃躲澪，主動遠離她。」

這是為什麼呢？

「告訴我這件事的人，說你是不滿弟弟成為魔王，所以對澪這個姪女從來沒有好感。」

刃更刻意說出瀧川過去的推測。

然而下一句話不是佐證，而是反證。

「可是這次，你將澪召來魔界，想抽出她體內前任魔王威爾貝特的力量。我想這是因為，我們打倒佐基爾，使得克勞斯先生那樣希望澪成為次任魔王的聲浪開始上漲的緣故吧。」

克勞斯對威爾貝特的崇敬，以及他因而將澪視為正統繼承人的想法，是眾所皆知；而這樣的克勞斯，卻與拉姆薩斯對立。

「相對於他們擁立澪的訴求，你則是主張將澪的力量納為己有。一般而言，那大多是自尊心強的哥哥不滿遭到優秀的弟弟超越，為了滿足自己的虛榮心而做的自私行徑。」

所以刃更來到魔界那晚——在這裡聽見拉姆薩斯對澪出言不遜時，與他起了衝突。拉姆薩斯從不給澪像樣的援助，還在事態有變後硬要她配合穩健派的盤算，將澪當作工具，讓刃更忍無可忍。

「可是……」

刃更看向露綺亞說：

「露綺亞小姐和萬理亞的關係給了我一點提示，改變了我的觀點。」

「我和瑪莉亞……？」

「是的。」刃更對皺眉的露綺亞點點頭。

「來到這裡之前，有個人建議我『眼光不要太短，把想法放柔軟一點』。她過去給了我很多寶貴的建言，幫我度過難關……所以我才會把她的話特別記在心裡。」

於是──

「見到露綺亞小姐和萬理亞，開始讓我覺得……一個人對親人投注的感情，並不一定是表面上看得見的關愛。在這裡又見到老爸以後，更讓我確信這一點。」

刃更導出的答案，就是──

「當我們這些小孩，還在拚命想怎麼在這個與過去相連的當下活下去的時候，父母多半已經在注視更遙遠的地方──我們的未來了。」

「…………」

第1章
各個承諾的結果

聽了刃更的話，拉姆薩斯面色不改，保持沉默。

拉姆薩斯臉上看不出情緒，無法得知他為何沉默。

但是，東城刃更不以為意地繼續說：

「我就在這時候試著改變看法，假設你至今對待澪的態度和行為，並不是為了滿足自己的自尊心，而是完全為了澪好……」

這麼一來，拉姆薩斯過去種種行徑的意義，都會連鎖性地開始反轉。

「前任魔王威爾貝特，將澪這個女兒託付給部下，送到人界當一般人扶養……以免自己的獨生女淪為魔界的政治道具。你過去所採取的行為和決定都能視為，為了延續威爾貝特王為女兒所做的考量。」

為什麼？

「你只派萬理亞一個保護澪，是避免替她增設過多護衛，會告訴別人穩健派將她當公主看，主動疏遠她也是同樣原因。為了不讓澪捲入魔界的政治紛爭，你無所不用其極地減少與澪的接點。這樣子，就說得通了。然後——」

刃更又道：

「既然你這麼為澪著想，應該也另外設了好幾重保險才對……聽雪菈小姐說，威爾貝特王讓澪繼承那種力量，是用來保護她的保險之一。當然，那也會增加她遭到敵人覬覦的可能性，但什麼也不給她，風險一樣存在。」

而且——

「佐基爾第一次攻擊澪那時，因為萬理亞用你批准的『鑰匙』變為成體，才能在千鈞一髮之際平安逃脫……但是，你的保險並不只是這麼簡單吧？」

這時，刃更的視線再度轉向露綺亞。

「露綺亞小姐……佐基爾抓雪菈小姐當人質時，萬理亞曾經尋求妳的判斷；而妳不認為那是問題，要她專注於護衛澪的工作上吧？」

「…………」

露綺亞一語不發，表情變得僵硬。那不僅是默認，還表示刃更的假設愈來愈接近他們隱瞞的真相。

而東城刃更接下來直視著拉姆薩斯說的，便是這真相的一角。

「但那不是露綺亞捨棄了雪菈小姐……雪菈小姐根本就是故意給佐基爾抓走的吧？」

「…………」

那是將一切反向思考才得出的答案。刃更將拉姆薩斯的漫長沉默，視為推理正確的表徵，並說：

「這並不奇怪吧？雪菈小姐甚至能製造你和露綺亞小姐都察覺不了的空間通道，而且佐基爾並不是將她關在自己宅邸，而是比較偏遠的其他地方。只要她想逃，應該多的是機會才對。」

但是，雪菈卻選擇留下——這是為什麼呢？

「佐基爾的監視任務即使遭到他人接手，也不願就此放棄澪……所以雪菈小姐才裝成佐基爾的人質，故意留在他的巢穴裡。這是由於佐基爾對澪的強烈執著非常危險，考慮到澪很可能被他逮去所做的安排。」

而且那不會是雪菈的個人獨斷，拉姆薩斯八成也有所關連。

……因為露綺亞小姐也知道雪菈小姐的目的。

所以，露綺亞才要萬理亞專注於自身任務。而且，對主人忠心耿耿的她，不太可能未經拉姆薩斯同意就擅自下那種決定。

因此，拉姆薩斯必然知道此事。

「沒錯，那都是為了澪——你們為了保護她而做的設想。」

刃更語氣平穩……但字字清晰地說：

「不過，事情就像我之前提到的一樣，我們打敗佐基爾，使得穩健派和現任魔王派的目光，都傾注在澪的身上。要避免她在這狀況下成為魔界的政治工具，最快的辦法就讓她失去『前任魔王的獨生女』的價值，所以你們才想抽出澪的力量。」

當時一定是萬般無奈，才會做出這種決定吧。

「那等於是奪走澪的保命絕招，她也可能從此失去所有魔力，但你們仍決意如此……讓澪以一個普通人、一個普通女孩的身分繼續活下去，對大局比較有利，何況還有足以擊敗佐基爾的我們在她身邊。所以，你們認為她即使背著風險成為普通女孩，想對她不利的人也會比現在少得多。」

畢竟——

「站在穩健派頂點的你，一直都是以輕視澪的態度來對待她。從其他勢力的角度來看，失去力量的澪利用價值更低，難以用來威嚇穩健派。於是你們打算抽出澪的力量，把她交給我們保護，自己解決魔界的問題。結果在那之前，現任魔王派動用英靈發動攻擊，到頭來，我們不得不親上前線。可是——」

刃更語氣一轉，又說：

「這樣的推測，會產生幾個疑問……」

那就是——

「你來到穩健派的時間點，以及你對澪的苛刻態度和想法。假如你和我推測的一樣，是

第1章
各個承諾的結果

以兄長身分繼承威爾貝特王的遺志，以伯父身分處處為自己的姪女著想，那麼你應該沒必要刻意與克勞斯先生他們對立。不如以威爾貝特王的遺志為由，積極呼籲他們不要將澪捲入紛爭，這樣事情應該會進行得更順利才對。」

「……你不認為出現這樣的矛盾，是由於你的推測有誤嗎？」

說到這裡，拉姆薩斯終於開口。這是十分合情合理的正當疑問，然而——

「……我不認為。」

東城刃更卻將這疑問一口否定，因為——

「你挺身對抗凱歐斯，保護了澪；最後澪使出威爾貝特的力量而昏倒時，你也溫柔地抱住了她。你當時的表情，我都看得一清二楚。那告訴我，你其實非常重視她……那全是事實，沒有懷疑的餘地。」

以斷定口吻說話的刃更，以「拉姆薩斯其實非常為澪著想」為前提，試圖尋求其背後的可能。

「所以我開始這麼想。你對澪保持那麼苛刻的態度，或許是因為某些緣由逼得你『不得不那麼做』。」

——為此，東城刃更採取了必要的行動。

那就是倒轉時針——回溯到拉姆薩斯出現在穩健派面前之前。

經過層層推論而導出的結論是——

「——穩健派曾有一段時間是魔界的最大勢力吧？」

刃更壓抑著接近真相時的興奮般低聲說道：

「可是我聽說，加入穩健派的大部分並不想和前任魔王威爾貝特一起走他冀望的平穩之路，單純是被他最強魔王的魅力吸引來的……大戰過後，仰慕自己的王，以他強大力量為榮的穩健派士兵們，希望穩健派支配魔界、一統天下的聲音，應該比追求各勢力和平共處，為魔界開創太平盛世大多了吧？」

若問人們對威爾貝特的信仰有多強，從克勞斯便可見一斑。

既然過世之後都還有那麼大的影響力，那麼人們在威爾貝特仍在位時所對他的崇敬程度，肯定是今日完全無法比擬地高。

……不過。

統一天下，卻是與「穩健派」這名稱與思想背道而馳的——武力支配。

那只是自詡正義的作法，事實上和樞機院沒兩樣。很諷刺地，比任何人都期望和平的威爾貝特最大的障礙，竟是自身最強魔王的威望。

——當時狀況，肯定讓威爾貝特內心極為煎熬。仰慕他的人，竟要他成為第二個樞機院，藉武力鎮壓魔界。

第1章

各個承諾的結果

就這樣，事態一天比一天惡化，往失控出軌不斷加速。於是這位最強魔王開始思考，該怎麼使穩健派恢復自己理想中的面貌，並擺脫樞機院的暗中掌控與影響，為魔界帶來真正的和平。最後——

「威爾貝特王為了阻止穩健派失控而導出的答案就是——讓自己消失。」

但不能只是消失，還得設法繼續保護穩健派，以防萬一。無論勢力擴張到何種地步，那都是威爾貝特寶貴的成就，必須傾力守護。

「而身為最強魔王，死亡是最有說服力的消失方式。為了對其他勢力保留一定牽制力，死因不能是戰死在他人手下之類，但也不能死於意外；一國之君意外身亡，鐵定會遭到徹底調查。考慮到這些問題，他選擇了風險最低的病死。」

此外，威爾貝特還有些必須預先安排妥當的事。

而且那對他而言，說不定更為重要。

「同時——他無論如何都得避免自己的死，將問題轉移到澪的頭上。」

刃更面對面地注視拉姆薩斯。

「因此，他請託屬下做為養父母，將澪帶到人界當普通人扶養，自己在魔界看著她成長茁壯，等到時機成熟再裝病詐死，化為另一個人物回到穩健派——這就是他的計畫。」

並吐口深長的氣後，說道：

「一個完整設想穩健派在偉大君王死去後會如何變化，能否阻止勢力過度擴張和野心失控，樞機院會如何因應後——一次處理所有問題的計畫。」

3

「刃更的危險性……？」

雪菈的忠告，使野中柚希皺起了眉。這鸚鵡學舌的反問，應也是其她女孩都有的疑問。

「這次和現任魔王派一連串戰鬥下來，刃更弟弟的表現真的是非常驚人。」

外表年幼的偉大夢魔見到她促請的眼神後，開始娓娓道來。

「維爾達市區的戰鬥中，他擊退魔界無人不知無人不曉的英雄加爾多；在倫德瓦爾的決鬥上，他還表現出與現任魔王雷歐哈特對等以上的戰力。雖然，兩者中途都遭到不速之客破壞……」

但是。

「他還是打倒了樞機院送到維爾達的高階英靈，和倫德瓦爾的魔神凱歐斯，扮演非常重要的角色。」

第1章 各個承諾的結果

「妳是說……刃更哥太引人注目，對他不好嗎？」

「刃更主人往後會被視為威脅，可能遭人狙殺嗎……？」

聽了雪菈的話，萬理亞和潔絲特忍不住問。只見雪菈搖搖頭，答聲「不」。

「刃更弟弟的鋒芒的確是很耀眼，難保不會有人想對他不利……不過穩健派和現任魔王派的和平議會馬上就要開始，一旦結下同盟協議，與其他勢力的戰力差距將遠高於以往，而且是高到沒人敢輕舉妄動的地步。」

所以——

「拉姆薩斯和雷歐哈特才想要結為同盟，讓其他敵對或關係緊張的勢力也跟著休戰，可以把魔界中戰爭的火苗一次清光光。」

於是——

「為了達成這個目的，請妳們這些決戰的主角群就此退場，會比較方便……而且這樣對妳們其實也不壞喔。妳們來到這個世界，原本就是要防止魔界政治把澪——還有妳們每個人，都一起拖下水嘛。」

「…………沒錯。」

澪的同意之詞，也代表了在場所有人的心聲。

就柚希個人的感情而言，是希望……刃更的功績能被認同。

……畢竟。

他終結了魔族兩大勢力的戰爭……等於改變了魔界的未來。

就連迅都不曾有過這樣的豐功偉業。倘若「村落」能夠正面接受這個事實，就有可能撤除東城父子的放逐令。

……可是。

阻止魔族間的紛爭，也可能引來「村落」的反感。若說刃更——自己等人所做的一切，其實是將繼續發展下去會導致魔族勢力衰退的對立狀況給終結，就不是勇者一族樂見的結果。

在這方面，柚希幾個自然都能明白雪菈的意思。無論危險會來自勇者還是魔族，都必須設法避免不利狀況，以免成為關注目標，甚至危害生命安全。

……而且。

很遺憾，就現況而言，這次的戰鬥一旦曝光傳開，很容易造成嚴重後果。

這時，雪菈正好替她將原因說出了口。

「更重要的——刃更弟弟那時候用的力量，和澪妹妹從威爾貝特繼承的力量一樣，都是重力系。這種事不只要瞞住其他魔族，也別讓勇者一族知道比較好吧？」

第1章 各個承諾的結果

雪菈這段話，具有輕易製造滿場沉默的力量。

「……看妳們的表情，好像都知道刃更弟弟身上，流著瑟菲雅妹妹——威爾貝特的妹妹的血了嘛。」

對於雪菈加以確認的問題，有個人立刻給予肯定的答覆。是潔絲特。

「是的……昨晚，刃更先生都告訴我們了。」

潔絲特這麼說的同時，在腦裡回想。

與現任魔王派決鬥中，刃更使用了那種力量。

無論潔絲特幾個對刃更用情再深，也無法視而不見。

於是決鬥過後——所有人藉空間轉移返回維爾達稍作喘息時，潔絲特和大家一起詢問刃更，為何他能使用重力系力量。

——在這之前她們猜想，那或許與刃更和澪的主從契約有關。

主從契約將隨主人與屬下關係的深入提昇雙方力量，而力量提昇的幅度，與主從關係的深度與高忠誠度的屬下數量成正比。高階魔族多會廣結主從契約，圖的就是這個益處。在倫德瓦爾的客館，為了加深主從關係而進行的肉體交流中，刃更與澪的關係又更上一層樓。而且潔絲特幾個體力不支而昏睡後，只有澪一個恢復意識，繼續和刃更共享愉悅和高潮，直到天亮。

……那應該——

是決鬥前離開維爾達之際，澪經過雪菈的診斷而發現結了主從契約的三人之中，自己對刃更忠誠度最低，讓她耿耿於懷的結果吧。

那麼，刃更使出的力量，會不會是當主從關係極度加深，澪這屬下的部分力量，可以轉移給主人使用的緣故呢？

……雖然這麼想。

但事實卻完全不是如此。刃更回答潔絲特幾個的，竟是自己的身世……以及母親的身分等，迅在刃更前往倫德瓦爾前首度對他說明的事。

因此，潔絲特幾個也知道了刃更的祕密——他的母親是前任魔王威爾貝特的妹妹。

——刃更身上，有魔族的血。

這樣的事實，當然使得潔絲特幾個大吃一驚。

不過潔絲特和萬理亞儘管錯愕，接受得也相當快。

潔絲特已將刃更視為至高無上的主人，誓言對他忠貞不二。

如同她對自己是魔族、刃更曾是勇者一族毫不在乎一樣，無論刃更其實是什麼人，潔絲

第1章 各個承諾的結果

特都決心將自己完全奉獻給他。生為魔族、長於魔界的萬理亞也是如此，臉上幾乎見不到負面情緒。

……但是。

其餘的澪、柚希和胡桃三人，就不是這麼回事了。

尤其對於身為勇者一族的柚希和胡桃，刃更的魔族血統絕不是好消息。柚希和潔絲特一樣，決定無論如何都會跟隨刃更，還能在短時間內穩下自己的情緒，不過胡桃的反應卻相當激烈。

這也是無可奈何的事。胡桃是奉「村落」命令前來監視刃更等人，命令還包含，在發生惡劣得無法挽回的問題時，可以直接殺死他們。那並不是向「村落」隱瞞對刃更等人不利的資訊就能敷衍了事，一旦做出背叛「村落」的行為就會遭到追捕，胡桃和柚希的父母也不會平安無事。

結果不知該如何是好的胡桃心裡愈想愈亂，最後竟痛哭起來。

……另外。

就某方面而言，澪的心情比胡桃更為混亂。

當人類扶養長大的她，生活一夕之間全變了樣。養父母忽然遭到殘殺，且得知自己是前任魔王的女兒——自己並不是人類。這樣的事實，徹底推翻了她過去的人生，打擊一定非常巨大。

——然而，刃更知道來龍去脈後仍接納了她，當她是家人。

知道澪真實身分是前任魔王的女兒，還願意接受她……刃更的存在，對澪肯定是種救贖。不過與他結下主從契約後，隨著兩人關係逐漸加深、距離日益縮短，雙方種族不同的事實，應也使她備受煎熬；儘管如此，她還是用盡一切努力克服了這個障礙。但想不到就在這個時候，她得知刃更身上也流著魔族的血。

……要她情緒不亂也難吧。

知道自己和刃更的關係更為親近，說不高興是騙人的。然而將心比心，自己得知生父其實是魔王時遭受了巨大打擊，那麼別說刃更本身，柚希和胡桃多半也是如此，澪實在高興不起來。

不僅如此，她還似乎受到開始痛哭的胡桃感染，克制不了情緒而流下眼淚——大家也和澪跟胡桃抱成一塊兒。

爾後，刃更將哭成淚人的兩人帶到寢室床上，在潔絲特、萬理亞和柚希的協助下溫柔地褪去她們的衣物——告訴澪和胡桃一件很重要的事。

如同在倫德瓦爾同床交歡的那一夜一樣……以所有人肌膚相疊，共享相同體溫的方式，告訴她們無論發生什麼事，自己都不會改變，也不必改變。

如此互相確認彼此的感情，使澪和胡桃總算是恢復鎮定。當然，消解了情緒上的糾葛，並不會使得他們與「村落」未來可能發生的問題一併消解，所以——

「關於這件事，我們已經達成共識，會在返回人界後一起討論。」

「這樣啊……嗯，這部分應該這樣就行了。」

聽了潔絲特的回答，雪菈卻迂迴地表示，她擔心的是另一件事。

「其他還有什麼嗎……？」

在潔絲特等人請求解答的注視下——

「也難怪妳們還沒發覺……畢竟妳們都對刃更有特殊感情。這讓妳們即使見到他勉強亂來，只要他表現出好結果、為妳們而戰就開心了。因為他做的那些事，全都是為了妳們。」

雪菈吐口摻著苦笑的氣，緊接著兩眼一瞇，說道：

「可是——刃更弟弟繼續這麼亂來下去，遲早會丟了小命喔？」

4

「————」

雪菈冰冷的斷言像隻冰手，一把揪住野中胡桃的心臟，使她渾身打顫。

不僅是胡桃，其他四人也同樣臉色發青。

「妳們幾個都不是傻瓜，應該隱約察覺到了，恐懼也在心裡逐漸堆積才對。刃更弟弟真的和別人不太一樣。」

見狀，雪菈不改嚴肅臉色，以平靜語氣開始解釋。

「戰鬥勝敗，會受到當時每分每秒的狀況和運氣大幅影響，並不單純只是比較戰力強弱的結果……儘管如此，加爾多和雷歐哈特都不是刃更弟弟原先能有任何機會迎戰的角色，甚至不該和他們交手。但是，只要他認為有其必要，就會找出所有幫助他成功的方法，並在最後發現那一點點的勝機。」

雪菈說到這裡，深深嘆了口氣。

接著若有所思地垂下眼，看著奧朵拉森林地面說：

「聽說他的『無次元的執行』，是鎖定事象根源……也就是『天元』，然後將其斬斷的招式。天元那種東西別說普通人，就連我們也看不到、感覺不了。勇者一族裡，應該也沒有第二個了吧。」

「……………」

聽了雪菈的話，胡桃與柚希給予表示肯定的沉默。

第1章
各個承諾的結果

「我想，那是他體內的特殊血統帶給他的能力……而由於有那樣特殊的眼睛，無論處在多麼困苦的狀況下，他都能找出讓自己所愛存活下去的活路——不顧選擇那樣的路，會不會讓自己的肉體和生命暴露在危險之中。」

恐怕——

「那是因為他小時候遭遇的悲劇，讓他對於再次失去自己重視的東西，有強烈的排斥……不，應該說恐懼，所以他才會每次都拚死拚活地戰鬥。到目前都能順利過關斬將，大概是有幸運女神眷顧的關係吧。但是——」

雪菈加重語氣，話鋒一轉地說：

「——下一次，可不一定也能全身而退。」

「這……！」

幾近斷定的宣告，讓胡桃有話想說。當然，是為了反駁。

我們絕對不會讓他那麼做——

「很抱歉，還有另一個問題……」

但還來不及回嘴，雪菈已插下第二個不安。

「刃更弟弟那麼重視妳們，要是妳們真的哪天有個萬一……他一定不會原諒自己。」

並以確信般的口吻說：

「到最後……刃更弟弟再也不會是現在的他。在我身邊，也曾經有個人將自己所愛視為比什麼都重要，愈陷愈深，結果突然失去了她……心中頓時產生他負荷不了的憎恨和後悔，吞噬了那個人。妳們只要想像自己束手無策，只能眼睜睜失去刃更弟弟，就能稍微體會他的感受吧。」

「……………………」

雪菈這番話，使胡桃幾個之間產生既漫長又沉重的沉默。

這時——

「話說這個『性情不變的人』……除了胡桃妹妹之外，其他人都見過喔。」

「咦……？」

胡桃嚇了一跳，轉頭看看自己以外的人。

「妳說的該不會是——……」

赫然這麼說話的，是萬理亞。接著，雪菈說出那名男子的名字。

「沒錯——就是佐基爾。」

成瀨萬理亞錯愕地聽著母親說出那個人的名字。

第 1 章
各個承諾的結果

那是她永生難忘，恨之入骨的仇人。

「……妳說他？」

萬理亞一時間怎麼也無法相信，低聲反問。

「也難怪妳有這種反應……可是，佐基爾這個人也不是一開始就那樣。」

雪菈苦笑著說：

「他以前其實還滿不錯的喔……結果，他在失去看得比什麼都重要的女人之後，完全變了一個人；用盡一切方法想讓那個女人起死回生，還把古代文獻能翻的全翻出來，接觸各種禁術。」

雪菈的目光忽然轉向虛空。

遙望天邊般的眼瞳，將思緒送往久遠的過去。

「縱然那些禁術讓他受了數不完的傷，還有各式各樣的詛咒，他也完全不想放棄；無論外表變得如何醜陋，也依然一味追求更強大的力量……一晃眼，他在魔導生命體領域甚至成了魔界無人能出其右的人物。後來——」

雪菈再道：

「因此誕生的心血結晶，就是妳——潔絲特妹妹。」

「…………………………」

潔絲特為真相沉默不語時，身旁的成瀨萬理亞想起一件事。

……那麼，難不成那個就是……？

浮現於萬理亞腦海的，是雪菈仍為人質時的經歷。

萬理亞曾趁佐基爾不在時潛入他的房間，尋找任何有關雪菈囚禁處的線索，途中發現了一個播放潔絲特影像的古代投影裝置。原來那不是潔絲特，而是雪菈所說的，佐基爾曾經深愛的女人。

「然而，無論作工再怎麼精巧，都復活不了已經死去的人……所以他終於明白自己再也找不回失去的東西，覺得過去做的一切全是白費心血，開始自甘墮落。最後在魔界蓋了一座遊樂場，沉溺在無盡的快樂之中。事到如今──」

雪菈接著繼續說下去。

「真正的答案已經沒人知道了……不過我想，身為色慾化身的他唯獨對潔絲特妹妹一根手指也不碰，可能是因為他最後僅存的良心吧──覺得自己已經汙穢不堪，沒資格碰他從前深愛的女人，儘管那只是外表相同的另一個人。」

「…………那又怎麼樣。」

當雪菈眼伸飄渺地說完這番話，使凝重沉默籠罩不知這段過去的所有人時──

有個少女，緊緊握起潔絲特的手這麼說。

是胡桃。那是唯一不曾見過佐基爾的她才說得出口的話。

「無論他有怎樣的過去，也不能拿來當拋棄潔絲特的藉口，更抵不掉殺害澪養父母的罪不是嗎……潔絲特已經不是他的部下，那些事也全部過去了，現在根本沒替他可憐的必要啊！」

「胡桃小姐……」

潔絲特驚訝地睜大眼睛，看著語氣咄咄的胡桃。

「一點也沒錯。我感傷，是因為我知道他的過去。對妳們而言，佐基爾除了人渣以外什麼也不是，這就夠了。所以——」

雪菈對潔絲特說：

「潔絲特妹妹……妳也要愛那些愛妳的人，並好好珍惜。因為，那才是妳的幸福。」

「是……雪菈大人，請放心。」

潔絲特堅定地說：

「現在的我——已經是刃更主人的人了。」

「那就好。只是……妳們千萬要記住，刃更弟弟無論失去妳們其中的哪一個，都很有可能踏上佐基爾的後塵。」

「我不怕……我絕對不會讓刃更犯那種錯。」

柚希毫不懷疑地這麼說，卻惹來雪菈擠眉弄眼的調侃。

「哎呀……真的嗎？利用夢魔催淫特性結下主從契約的妳們做的事，和佐基爾對他那些女人做的事，在我看來沒什麼差別耶？」

聽了雪菈這麼說——

「……請妳不要，把刃更和那種人相提並論。」

一道聲音顫抖著反駁她。因此，萬理亞不禁低語她的名字。

「澪大人……」

在她視線彼端——澪正緊咬著唇，兩眼直視雪菈。

5

成瀨澪再也按捺不住。

這是當然。自己與刃更的關係，被雪菈說成和佐基爾對其女奴所為並沒兩樣……簡直是最大的污辱。儘管受過她各方面的照應，恩重如山，也實在嚥不下這口氣。

不過，那外表幼小的夢魔只是苦笑著說：

「妳們那麼愛刃更弟弟，也難怪會這麼說……而且無論刃更變成什麼樣，妳們的想法也絕不會動搖吧。」

雪菈補聲「可是啊」，又說：

「從不知情的人看來，一定看不懂妳們為什麼會變成那種關係。而且，只要是刃更弟弟認定有必要為妳們做的事，他就會不擇手段，甚至不惜弄髒自己的手。好比他為了保護妳們，暗中和隨時可能倒戈的拉斯聯手，一起神不知鬼不覺地收拾佐基爾；像這次又為了增加手裡的王牌，請我配了很危險的藥。」

像這樣──

「能夠屢屢做出這種決定並付諸實行的刃更弟弟，普通人會覺得很可怕吧。就拿澪妹妹來說……如果刃更弟弟用肉體快感屈服妳，和他為了妳暗殺敵人的事告訴妳那些學校的好朋友，她們能夠接受嗎？她們會覺得刃更弟弟是個白馬王子，羨慕你們的關係嗎？」

「這……」

澪愁眉不展地支吾其詞。

自己和大家的關係以及身分，沒有必要告知校內朋友──即使是相川或榊，況且根本不該說。由於不知道魔族、勇者一族等隱藏在世界另一面的運作方式，普通人才會是普通人。

雪菈對澪拋出的，是一個非常壞心眼的問題。

……可是。

魔族之中，也有許多不具戰力的平民。從他們的角度來看，澪等人的關係也相當怪異吧。至於有戰力者，會希望效法澪他們那種特殊主從關係的人，想必也是少之又少，澪本身也不打算向他人推薦。更何況，她起初還急著想趕快解除那種主從契約。

——不過，現在的澪完全沒有那種意思。

柚希多半也一樣吧。雖然這種怪異關係，一旦被周圍的人知道必定會出事，但主從契約早已成為他們之間無可取代的聯結。

……然而。

自己是否能抬頭挺胸對任何人說出自己的關係……答案仍是否定的。

澪不敢告訴朋友，柚希和胡桃也不能被其他勇者一族知道。

即使萬理亞和潔絲特都無所謂，為顧及澪的名聲，自然不能在穩健派內張揚，也不能在東城家一帶當閒話聊。

對於不懂他們為何非結主從契約不可的人而言，會認為刃更和澪幾個的關係，與佐基爾和他那些女奴的關係差別不大，也是理所當然。說不定佐基爾的女奴，也和認為別人不懂也無所謂的澪幾個一樣，都覺得取悅主人是種幸福的事。

……天啊……

第 1 章
各個承諾的結果

澪感到視野不由自主地搖晃起來。倘若刃更要她們像佐基爾那些女奴一樣服侍他，恐怕她們也會毫不遲疑就答應了吧。

——自己和其他人都深愛刃更。只要他開口，無論什麼事都願意。因為刃更至今已為她們做過太多讓她們甘願那麼做的事。

但是——反過來也是如此吧。

一旦刃更認為有所必要，他也會甘願做出與佐基爾無異的事。

雪菈就是替愛慕、信賴刃更，以致於不願承認這點的澪她們，點出可能發生的危險，為她們憂心。

「————」

明白雪菈的想法後，澪幾個一句話也說不出來，只是站著。

就在這時。

「喂喂喂，那個蘿莉夢魔媽——不要這樣嚇唬年輕人嘛。」

背後傳來摻雜苦笑的話聲。

那屬於澪幾個所熟知的男性，所有人都在這時回過頭。

「迅叔叔——」

不知何時出現的他，就站在一旁。

讓澪驚訝地說出刃更的父親，從前人稱戰神的男子——最強勇者的名字。

6

東城刃更不斷推動思考的齒輪，將自身推測轉為確信。

「…………」

快想！刃更在心中對自己疾聲呼喊。眼前的拉姆薩斯、父親迅以及雪菈，究竟為自己這些孩子考慮過些什麼，又實際執行了什麼。

——高位者要詐死，可不是簡單的事。

尤其像威爾貝特那樣的人物，更是難如登天。然而——

……更難的，是化為另一個人物回來。

畢竟威爾貝特的屬下任何人都認識他。而且，只是回來也沒用，必須回到能夠職掌政事的地位，隱瞞身分領導穩健派。若非如此，就無法讓傾慕威爾貝特的人們放下逝去的幻影。

第1章
各個承諾的結果

……因此。

威爾貝特才會選擇虛構拉姆薩斯這麼一個兄長，並且徹底扮演這個角色吧。

沒錯——拉姆薩斯就是威爾貝特。

完全確立這個前提後，有哪些可能的企圖？

「……你不只改變了外貌，還藉由將大半力量過繼給澪，改變了自己的靈子波型和魔力氣場。雖然分割力量不會改變力量的性質，你卻反過來利用這點。以最強魔王的親人身分回到穩健派，有助於你快速抵達權力中心。」

東城刃更由此步步反推，導出真相。

「這麼做，還能為身在人界的澪多下一層保險，對你來說是一石二鳥之計……不過，要讓這樣的計畫成功，必定需要幾個幫手替你的身世背書，在後續推波助瀾吧。而且，還必須是在穩健派內說話有分量的人物。」

誰能擔任這種角色，想必是不需多言。

「我想……雪菈小姐遠在佐基爾那次之前就開始協助你了。多半是在你的計畫初期——不，說不定還要更早。」

據說雪菈與威爾貝特之間有對等交情，那麼擔憂穩健派及魔界未來的威爾貝特，向她徵詢意見也是理所當然的事。

……另外。

刃更的視線向橫一掃——轉向露綺亞。

「我一直覺得很奇怪……威爾貝特王的領袖魅力那麼巨大，但是比誰都更盡忠職守的露綺亞小姐，卻甘心跟著你。一般而言，她應該會像克勞斯先生他們那樣，繼續崇敬威爾貝特王才對。」

不過，若她跟隨的就是她敬愛的威爾貝特，就另當別論了。

而且，露綺亞比萬理亞更尊敬母親雪菈。

假如威爾貝特和雪菈當面對露綺亞說明真相，並請她輔政，便可解釋露綺亞為何甘心成為拉姆薩斯的副官。

「再來——我想你還有另一個幫手。」

那就是大戰末期，身為勇者一族卻與威爾貝特的妹妹發生關係的男子。

……老爸。

此時此刻，刃更終於明白迅為何會來到穩健派——拉姆薩斯身邊。

迅、拉姆薩斯和雪菈之間的氣氛，感覺不像單純在從前大戰中交過手而英雄惜英雄那麼簡單。

比起戰友或值得尊敬的對手，味道更像共享某些祕密的同伴。

——為了什麼？

刃更身世的真相，對勇者而言不只是敏感問題，恐怕還會發展成更嚴重的危機。

另一方面——威爾貝特也正在為剛出生的澪的未來憂慮。

「意外成為兄弟關係的老爸和你，正好都被相同的問題困擾著。」

這樣的兩個人為了彼此的孩子而聯手，並不足為奇。

「順利讓威爾貝特王『死去』後，穩健派的失控狀況一如預期地回穩；不過並非每件事都這麼如意，發生了一件出乎意料的事。」

那就是——

「樞機院推舉雷歐哈特成為新任魔王。在穩健派中，你要以拉姆薩斯的身分站上領導地位雖然有點勉強，但總歸是壓得了反對的聲音；但對上由樞機院掌控的現任魔王派，就無可奈何了。你們的計畫，就是從那裡開始起波折。後來——」

刃更繼續說道：

「現任魔王派由於雷歐哈特強烈的個人魅力而擴大，但儘管如此，你這位偉大的前任魔王影響力依然留存，成為他統一魔界的障礙，無法忽視繼承了你力量的澪。」

接下來發生的事，就如大家所知的一樣了。佐基爾為了奪取澪而殺害了她的養父母，萬理亞在千鈞一髮之際救走了她——半年後，刃更與她們相遇。

第1章 各個承諾的結果

……對了。

東城刃更回想起某件事。

剛開始與澪和萬理亞同居，並將表明正身的她們一度趕出家門後——向迅質問他是從什麼時候開始知道她們是魔族時，他是這麼回答的——

從一開始就知道了。

事到如今，刃更總算明白那句話真正的意思。

——東城刃更與成瀨澪的相遇，早在多年前就已經安排好了。

將思緒念出聲音反芻，幫助刃更漸漸在心中串連每個細節。

當刃更接受自己的推測，感到大功告成時——

「…………胡言亂語了那麼多夢話，你滿意了嗎？」

拉姆薩斯只是低聲地這麼說。

聽了刃更道出的推測，表情也絲毫不為所動。

……嗯，我想也是。

刃更提出了可能的「真相」，不過，那也只是毫無證據的「推測」。

就算刃更所說的全是事實，拉姆薩斯也不可能承認。

只要他堅決否認，其副官露綺亞也同樣不會承認。

換作迅或雪菈，也應該不會說出真相。

……畢竟。

他們的計畫，是建立在威爾貝特從舞台消失的前提下。

倘若威爾貝特依然在世的消息洩漏出去，魔界又會受制於偉大魔王的影響力之下。這個祕密，就是為了改變魔界而誕生的。

從今以後，威爾貝特之死的真相，也非得繼續掩藏下去不可。

強要拉姆薩斯承認這個祕密，就等於糟蹋了父母所投注的愛。於是——

「嗯……那全都是我的猜測，我個人希望的情境，不打算隨便對澪她們說。這件事，就讓它在這裡結束吧。」

刃更表情一轉，面露苦笑。

「我差不多該走了，謝謝兩位的照顧。」

對拉姆薩斯稍微鞠躬後，又說：

「露綺亞小姐……雪菈小姐說，她會為我準備一條空間通道，送我到澪她們已經先到的奧朵拉森林裡，能麻煩妳帶路嗎？」

第1章
各個承諾的結果

「好的，家母也事先向我交代過——請隨我來。」

露綺亞領受刃更的要求後，直往塔頂出口走去。

刃更隨後跟上，但在樓梯口停下腳步。

並回過頭。

「————」

拉姆薩斯已轉回身去，再度俯視市區。

而刃更不以為意，對拉姆薩斯的背影說：

「最後我想說……就算我剛才說的那些都是幻想、夢話，你一樣是澪的伯父，這是不會改變的。」

所以——

「歡迎你隨時來看她。雖然和現任魔王派議和，會有很多問題需要處理，我想短時間內不會有那種空閒……但等到那些政治問題告一段落以後，希望你能抽空過來坐坐。」

東城刃更向拉姆薩斯承諾：

「我們會守住你所需要的時間——就像你過去守護我們一樣。」

告訴他，自己已確實承繼了他的心意。

7

「……真是的。看妳們氣氛那麼僵，還以為在聊什麼不得了的事咧。」

澪等人眼前，迅一臉無奈地對雪菈說：

「我是很感謝妳替刃更操心啦，可是妳沒事把那種問題硬推到這些小妹妹身上，未免太雞婆了點吧？」

被他帶來維爾達的現任魔王派少年兵菲歐，在稍遠處候著。

「哎呀，什麼叫做雞婆？這種話我可不能接受。」

雪菈淺笑著回嘴。

「我們家的萬理亞妹妹也在刃更弟弟的後宮裡，我這作媽的當然有權擔心呀。」

「那個，雪菈小姐……這樣講有點……」

雪菈口中蹦出的露骨字詞，讓澪紅起臉，話說得吞吞吐吐。

轉頭看看，胡桃也滿臉通紅，而萬理亞、柚希和潔絲特三個雖然從笑嘻嘻到羞滴滴各自不同，但明顯是開心的反應。

「妳、妳們是怎樣……！」

澪慌得大叫。澪也同意雪菈的說法，自己和刃更目前的關係的確就像後宮一樣。

然而，在刃更的父親迅面前承認這件事，還是非常尷尬。

若以多數決原則來看，現況簡直是澪和胡桃才是異類，難道我們的民主主義已經走偏了嗎。

這時，看著澪幾個的迅接受了雪菈的說法似的「嗯」了一聲後說：

「……雪菈啊，看見兒子的面子這麼大，我真的好開心喔。」

迅發自內心的低語，讓雪菈聽得搖頭嘆氣。

「說什麼傻話啊……你不擔心刃更嗎？」

迅聳聳肩回答這問題。

「說不擔心當然是騙人的啦……畢竟為兒子的將來著想，也是我這父親應盡的責任之一嘛。」

接著吊起一側唇角。

「不過呢，請妳還是別太小看我兒子刃更比較好喔，雪菈。」

「我又沒有小看他。」

雪菈解釋道：

「我只是覺得刃更弟弟和你不一樣，有時候會執著得很誇張……怕他有一天會為了這些女生，跨過決不能跨的底線而已。」

換口氣後，雪菈又說：

「他說不定哪天認為自己配不上這些女生，就突然一聲不響地離開她們。你不覺得這種事也有可能嗎？」

「————！」

澪不禁抽了口氣。她確信自己不會主動遠離刃更，也敢斷言刃更絕不會拋棄她們。

……可是。

若為了澪幾個好而選擇離開，那就另當別論了。

「喂喂喂……幹麼青著一張臉啊。」

當其他人也不由得錯愕起來，迅苦笑著說：

「如果妳們可以馬上回答『我們不會讓那種事發生』，我這作父親的就能放心多囉。」

聽了迅這句揶揄語氣中泛著由衷心聲的話，讓澪用力咬唇。

……迅叔叔說得沒錯。雪菈考慮的危險，沒有人能夠否定。

但是，她們其實有能力避免那種狀況發生，端看她們有沒有那個心。

……說不定，雪菈之前那些問題，就是想試探澪幾個是否已有覺悟。

看看她們是否能像刃更過去幫助她們般，也鍥而不捨地找出解救刃更的最佳方法，並付諸實行。

前陣子——瀧川曾奉勸澪和柚希，必須將實力增強到「能在萬一時殺了他的程度」。那也是另一種形式的覺悟。

……不過。

澪幾個早已決定，絕不做出這種選擇。刃更至今一而再地拯救她們，傷心難過時也都在身旁扶持；所以她們絕不會讓雪菈所說的事發生，眼睜睜看著他孤獨死去。

……沒錯。

澪和每一個人，無論如何都不願失去刃更，失去對她們如此重要的人。

我一定要變得更強——此刻，成瀨澪真正地下定決心。

與現任魔王派的戰鬥、與魔族的糾葛，是暫且作了個了斷沒錯；但若未來也想繼續陪伴刃更，將他留在身旁，勢必需要比過去更堅定、更強韌的心。

那麼，我們就鍛鍊自己的心吧，為了他而加強自己的力量吧。

……因為。

自己是東城刃更的「家人」。當其他人也和澪想法一致，彷彿要甩開懦弱般一起抬起頭時——

「所以——我可以把那傢伙交給妳們嗎？」

迅對她們露出挑釁的笑容。

「————」

於是，澪幾個以深含堅定意志的眼眸注視著迅。

那就是她們的答覆。

「……雪菈，妳說呢？」

見狀，迅朝身旁外表幼小的夢魔這麼問。

「這個嘛……能有這種表情就算及格了吧。」

雪菈也忽然微笑起來，說：

「對不起喔，說那種話嚇妳們。只是啊，妳們會需要現在這份心情，來幫助妳們度過真正的難關——不要忘了這件事喔。」

這句話，使澪幾個自然地點頭應和。

以毫不猶疑的聲音回答——是。

隨後。

「那麼……我差不多也該走了。」

第①章 各個承諾的結果

迅笑著這麼說。柚希察覺這句話的意思，問：

「迅叔叔，難道你不一起走嗎……？」

「不了。其實我是來這裡找我太太的，只是到現在還找不到人。」

迅回答：

「聽說，她八成根本就不在魔界……」

「對呀。之前我就說了，完全感覺不到瑟菲雅妹妹的靈子反應喔～」

聽了雪菈的話，迅再解釋：

「不過呢，沒找到半點線索就回去，感覺實在有點悶……所以不好意思，我要再留下來調查一下。」

而且——

「很幸運地，菲歐也說他願意幫我……是吧，菲歐？」

迅稍微拉大嗓門呼喊，菲歐便走向他們。

「……先說清楚，我是逼不得已。」

菲歐翻著白眼說：

「跟著你跑到這裡來，害我的立場和歸屬問題變得很複雜……所以我也同意你說的，在雷歐哈特陛下和穩健派談好以前，先到其他地方避一避。唉……」

迅的手在菲歐頭上輕輕一摸，並對澪幾個說：

「這件事，我也跟刃更提過了……那麼，那傢伙就麻煩妳們啦。」

迅說完就轉過身去，和菲歐一起走向森林另一頭。

8

告別拉姆薩斯，離開塔頂後。

刃更跟著露綺亞，走在城內廊道上。

「直到最後，您都沒問起瑟菲雅殿下的事——沒關係嗎？」

途中，帶路的露綺亞忽然止步，頭也不回地這麼問。

因此，刃更走到與她並肩的位置，語氣平靜地回答：

「……嗯。關於我媽——母親的事，老爸已經跟我說過了。」

——然而，迅告訴刃更的並不多。

只提到，他們在戰場上認識，起初完全只是敵人，曾經刀劍相向。發生關係後，由於雙方立場問題，無法公開這段關係，一起生活。

第①章
各個承諾的結果

問她是怎樣的人，迅只短短地回答──她是個好女人。

……臭老爸。

雖覺得那是個差勁的回答，不過──那對刃更已經足夠。

截至目前，迅應該已經把能說的事全說出來了。

再說，她是迅無視魔族身分而選為妻子的女人，也情願不顧自己有個魔王兄長的立場，決定與勇者一族的迅結為連理。威爾貝特長久以來那麼重視女兒澪的安危，有個這種性情的妹妹，實在一點也不奇怪。她應該如同迅所說，真的是個「好女人」吧。

刃更得知自己有魔族血統時雖有驚訝，但不至於遭受打擊。這多半是認識了澪、萬理亞和潔絲特，又與她們結下深厚情誼的關係。反而是刃更向她們說出這個祕密時，澪和胡桃都亂了方寸。包含柚希在內，她們的立場都較為複雜，刃更也十分體諒她們的感受。於是，刃更讓她們明白──自己身上的魔族之血，並不會改變任何事，種族和身世並不會造成他們的隔閡。

因為對東城刃更而言，她們都是無可取代的摯愛。

……不過呢。

那都是在萬理亞的提議下，在床上用行動表示的就是了。話雖如此，聽萬理亞說「這就是我們的作風」卻無法反駁的自己，其實也滿糟糕的。

後來——刃更對迅說出自己對澪她們的想法後，迅一口就同意了，也准他帶潔絲特回去，像一家人一樣生活。

——一切都隨他高興。

只是——迅本身並不會和刃更幾個一起回家，要繼續留在這裡尋找瑟菲雅下落的線索。刃更無法開口請求迅放棄，只能點頭。

即使沒有結婚，澪幾個也是刃更承諾相守的重要女性。

假如她們也失蹤了，刃更也會不願回家，找到人之前絕不罷休吧。瑟菲雅就是這麼一個讓迅無論如何都要找到的女人——他的摯愛。

……而且。

若有可能，刃更自己也很想見母親一面，至少也希望知道她平安無事。不過——

「當然，如果問我想不想問清楚，我當然是想……可是拉姆薩斯先生現在也不方便告訴我吧。」

他為了自己重視的事物，不得不貫徹目前的立場和態度。因此很遺憾地，在表面上，與刃更的關係恐怕是很難改善。

雖然時間可能會替他們解決這個問題——但至少現在言之過早。

刃更苦笑著這麼說之後——

第 1 章

各個承諾的結果

「………您說得對。」

露綺亞的語氣忽然變得和緩。轉頭一看，她的側臉還浮出溫柔的微笑。當刃更為那難得一見的表情而稍感訝異時，她問：

「那麼，就讓我替主人代勞——說點瑪莉亞的事吧？」

「萬理亞的事……？」

刃更依言反問，要她說下去。

「——我和瑪莉亞，其實是同母異父的姊妹。」

「咦……？」

露綺亞對不禁睜大眼的刃更慢慢地繼續說：

「家父在家母生下我後沒多久就去世了，聽說他原本就是個體質虛弱的人……不過家母依然與家父相戀，想懷他的孩子，於是生下了我。」

「……原來是這樣啊。」

真令人遺憾。然而露綺亞的誕生，對知道自己不久於世的父親，以及他所愛的雪菈而言，都是種救贖吧。即使經歷死別——如今，他們也依然透過女兒露綺亞，緊緊相連在一起。

「家母從此就一直守寡……直到威爾貝特陛下的夫人雅雪殿下，產下澪大人不久就不幸去世後，威爾貝特陛下與家母商量在人界養育澪大人的相關事宜時——」

露綺亞停頓片刻，再說：

「——就那一次，和他發生了關係。」

「！——雪菈小姐？和威爾貝特王？」

意想不到的發展，讓刃更驚訝得岔了氣。

「他們都失去了心愛的伴侶，彼此也培養出立場對等的關係……心裡一定都有非對方所不能填補的空洞吧。不過家母懷了瑪莉亞之後，好像一點也不擔心，樂觀其成；笑著說她原本就想多生一個，也能給沒有兄弟姊妹的澪大人添一個妹妹。然後——」

露綺亞接著說：

「家母也像決定將力量過繼給澪大人的威爾貝特陛下一樣……在生下瑪莉亞時，將自己大半力量分給了她。」

「大半力量……所以雪菈小姐才變成那樣？」

露綺亞對恍然大悟的刃更點點頭，答聲「對」。

「不過，我們從來沒有告訴瑪莉亞這件事……據說是佐基爾告訴她，家母是因為生下她才會變成那個樣子。」

「怎麼這樣……為什麼要瞞著萬理亞！」

萬理亞會選擇屈就於佐基爾的脅迫而聽從他的命令，不僅是因為她想救出雪菈這個寶貴的親人而已。生下她而使得雪菈失去力量的罪惡感，或許才是驅使萬理亞那麼做的主因。

「在佐基爾那件事上，妳們不就為了保護澪而完全不顧萬理亞的想法嗎？結果妳們……怎麼可以這樣？至少該把雪菈小姐變成那樣的原因告訴她吧？」

難道不對嗎？

「她為了那件事多自責多難過……妳們是她的家人，應該最清楚才對啊。」

刃更開始以責怪口吻對露綺亞說話。這是由於他認為，在威爾貝特的計畫中犧牲最大的人，也許就是萬理亞。一想到萬理亞的心情，刃更怎麼也壓抑不了心裡的憤慨。

「…………對，您說得沒錯。」

露綺亞的表情不只是痛苦，更顯得悲傷。

「您的想法，其實我也有過……至今我也曾一再請求家母，希望她能告訴那孩子真相。可是，家母怎麼也不肯。」

「雪菈小姐？為什麼……？」

即使由旁人看來，也能明顯感到雪菈和露綺亞同樣寵愛女兒萬理亞。這樣的矛盾，使刃更難以置信。

「號稱最偉大夢魔的家母，在魔界也是名聲遠播的人物……不過，您也曉得家母的個性，那讓她從很久以前就樹立了不少敵人。因此——」

露綺亞說出結論：

「要是讓人知道那孩子接收了母親的力量，一定會對她不利……」

「這……」

刃更也懂露綺亞所說的危險。就連威爾貝特，都選擇在過繼力量給澪之前讓她遠離自己，在人界扶養長大的路。

若為了保護她而給她力量，反而增加她遭遇危險的可能，可就本末倒置了。

「更何況，她是家母和威爾貝特陛下所生的孩子……這個祕密要是被人查出來公諸於世，瑪莉亞說不定會被視為比澪大人更有利用價值的政治道具。我想，家母就是想避免這種事發生吧。」

所以——說什麼也不能告訴她真相。

無論萬理亞為此受了多少折磨。

「和澪大人一樣，如果要對瑪莉亞坦白一切，至少得等到魔界政局再穩定一點以後再說……」

不過——

「在佐基爾的事結束，問題都做了了斷之後……那孩子和各位在一起的時候，真的笑得特別開朗。對此，我實在感激不盡。」

說到這裡，露綺亞轉向刃更，低下頭深深鞠躬。

「刃更先生，從今以後——也麻煩您照顧瑪莉亞了。」

並幾近懇求地，請託刃更的幫助。

「那孩子繼承了家母的力量和威爾貝特陛下的血統，真正的潛力不只高過我，更在家母之上……我想，那種力量要在她真正地認同並接受自己的存在時，才會覺醒。」

因此——

「刃更先生，如果可以，麻煩您……替她指引正確的方向。」

那原本是雪菈或露綺亞的義務——不，是她們的理想。

而現在，露綺亞要將這個理想託付給刃更。

因此——東城刃更也接受了露綺亞的懇切心意。

「……我知道了。雖然我無法保證，一定能導出她真正的力量，可是——」

刃更說道：

「我本來就想勸導萬理亞，幫助她解開心結，更接受自己……就像她是妳和雪菈小姐的家人一樣，她在我們心中也是無可取代的家人。」

這樣，妳能接受嗎？

「是的，這樣就夠了……」
露綺亞點頭回答的臉上，已見不到拉姆薩斯副官的表情。
純粹是個一心為妹妹著想的——慈愛的姊姊。

9

承諾進一步幫助萬理亞後。
兩人走向通往後門的出口。為了讓刃更等人盡可能祕密地返回人界，她將通往奧朵拉森林的空間通道設在隱蔽處。
刃更跟隨露綺亞，以環繞城堡東側的路線，在走廊步步前進。途中——
「————」
忽然瞇起雙眼。因為他在前進方向的彼端，感到熟悉的氣息。
同時，對方也發現刃更的存在。
「——東城刃更。」
設於後門出口處的廳室另一端——與刃更和露綺亞相反，繞行西側路線進城的一行人

第1章
各個承諾的結果

中，有個人喊住刃更。

那是曾與刃更交鋒，更與他並肩作戰的青年。

現任魔王雷歐哈特。

他們是剛被穩健派侍女與禁衛兵帶進城吧。

雷歐哈特只以眼色向帶路的侍女示意後，留下隨行部下單獨走來。

刃更與露綺亞也同樣邁進，停在出口處的廳室中央。

當雷歐哈特與刃更對面而立，視線相交時——

「……想不到又會遇見你。聽說，你是今天出發？」

或許是喊住人的一方應盡的禮貌吧，雷歐哈特先開口詢問。

「對……我等等就要和澪她們會合，穿過次元境界回去。」

刃更也點頭回話。

「那你們，是來開高峰會的吧？」

雖聽說會議是今天舉行，沒想到他們上午就來了。當然，雷歐哈特一行應該是多少提早了點，但還是相當地早。

不過，刃更掛意的不只如此。

「時間這麼特別，又走後門來……難道這次會議是祕密安排的嗎？」

穩健派與現任魔王派這兩大勢力所舉行的高峰會，目的是牽制其他勢力，並表明其政治意向。若要將效果發揮到最大限度，按正規程序光明正大地從正門進城，肯定比走後門好。不那麼做，就表示──

「這是考慮到雙方民眾的心情嗎……」

「對……畢竟我們是臨時決定休戰，沒有任何事先準備。」

雷歐哈特點頭說：

「政治上，常有需要當機立斷的時候；然而我方與穩健派處於戰爭狀態已久，即使能夠開個會就化解政治上的緊張狀態，要民心立刻跟著轉變，未免強人所難。所以我認為需要一點時間緩衝，直到雙方民眾都冷靜下來，在感情上也能接受這個決定為止。」

露綺亞也跟著補充：

「雙方經過正式會談的事實，將以我們與現任魔王派雙方都完全認同，且合乎體統的形式下公開發表。即使延後一段時間，也應該能對其他勢力達到良好的牽制效果。」

「的確……這樣應該比較好。」

無視民眾感受而進行的和平議會，並無法帶來真正的和平。

不僅容易造成反彈聲浪，還可能成為內亂的火種。

……這樣就能安心了吧。

看來拉姆薩斯和雷歐哈特不僅是真心尋求和平，眼光還放得更遠。曾擔憂事情並非如此的刃更，因此鬆了口氣。

接著，他重新檢視眼前的雷歐哈特，發現他與數天前已略有不同。

……氛圍稍微柔和了點？

年紀輕輕就具備的穩健王者風範依然絲毫不改，不過現在的雷歐哈特身上，已感覺不到倫德瓦爾那時，他對刃更等人釋放的，使空氣為之緊繃的壓迫感。

……這也是當然的吧。

既然是來議和，他應該不會傻到無端散發殺氣或壓迫感——

「嘿……這傢伙就是那個迅．東城的兒子呀？」

冷不防地——有人在刃更耳邊說話。轉頭一看，原來是雷歐哈特的隨行人員之中某個青年，一瞬間就移動到刃更身旁。

「！——」

這樣的突發狀況，使得另一邊的露綺亞不禁倒抽一口氣，繃起全身。

恐怕，她根本沒看見那青年的動作。

青年完全無視露綺亞，直說：

「聽說你跟雷歐哈特打得不相上下是吧，看起來好像沒那麼行耶？」

宿含挑釁笑意的獨眼，打分數似的注視著刃更。

「小兄弟呀……也讓我看看你把這傢伙打趴的招式嘛。」

並且毫不顧忌地伸手過來。剎那間──

「──────」

刃更瞇起雙眼，快速評估眼前青年的實力。

他的實力，恐怕與雷歐哈特相差無幾──不只是眼前的青年，與雷歐哈特同行的另外七人也是同級水準。

很遺憾，穩健派目前戰力並不足以同時對抗雷歐哈特與這八人。即使刃更與澪等人會合，所有人合力圍攻，勝率也不樂觀。

刃更能在倫德瓦爾戰勝雷歐哈特，純粹是一時好運，攻其不備的結果。現在再使出與當時相同的重力波，雷歐哈特一定能輕鬆避開。

──假如，這場會談是他們為了攻陷穩健派而設的局呢？

若置之不理，說不定哪天，他們的矛頭又會指到這邊來。

……既然如此。

該怎麼做，才能避免那種事發生呢。

只要自己連雷歐哈特也不放過地打倒眼前這九人就行了。

因此——

「————」

東城刃更一口氣加速思考。

同時，對方也有些反應。

青年以外的七人，都露出疑惑表情。

「喔——……有意思。」

眼前的青年也歪唇而笑。

他們都察覺刃更有何打算了吧。

刃更的想法，已經被他們看破了。

……可是。

他們占數量優勢，應該一點也不認為自己會輸。

在他們眼中，刃更只是想做一件極其魯莽的事。

然而——只要趁他們輕敵時快速撂倒其中一人，就能震撼他們，使整個集團頓時陷入混亂。

要達到最佳效果，第一個死相愈淒慘愈好，所以——

「……——你們兩個都冷靜點。」

突然間，一句話冷冷地插進他們之間。

制止他們的，是雷歐哈特。隨後——

「你這笨蛋，不是說好了嗎，要跟來就得安分一點啊！」

纏上刃更的青年，腦袋被一名女性以法杖般的棍棒狠敲一下。

她也是對面那七人之一。

「唔，很痛耶……妳幹麼啊？」

「我才想問你那顆笨腦袋想幹麼咧！對不起喔，這個笨蛋這麼沒禮貌。」

女性吼完不滿那一棍的青年就放下法杖，向刃更道歉，接著又轉向那獨眼青年。

「再說，休戰協議是我們提出來的耶，你還想找人家打架是哪根筋不對！」

「呃……決定要休戰的又不是我。」

「少廢話！而且你怎麼可以直呼陛下名諱，要加陛下吧！在公共場合拜託注意一下自己的言詞好不好……好了，趕快回來啦，笨蛋！」

第1章 各個承諾的結果

女性抓住青年的後領，把他拖回對面去。接著——

「我們只是來介紹我們的新體制……沒有爭論的意思。」

雷歐哈特這句話，讓刃更輕嘆一聲。

「那他們是……？」

並目不轉睛地盯著那群青年男女問。

「啊——他們是新替我輔政的人。」

年輕魔王對刃更如此回答。

經刃更問起後——

「由於樞機院已死和其他原因，我們決定新編一個政治機構……他們『八魔將』，過去是職掌管各方軍符的軍團長。每一個在前次大戰中的功勳，都和我不相上下。」

雷歐哈特開始解釋自身目前狀況。

「他們現在不只是我的左右手，還是新議會的代表成員。只要八人之中有一半以上反對，就能否決我的決定；假如八人都願意，甚至有權對我發動罷免案。」

「這是避免王權浮濫嗎……？」

「沒錯……以免重蹈樞機院的覆轍。」

雷歐哈特肯定了刃更的猜測。

不過——八魔將也都表示，能夠率領他們的非雷歐哈特莫屬，讓他備感踏實。話雖如此，萬一雷歐哈特有那麼一天沉淪得像貝爾費格那樣，他們也會毫不留情地制裁他吧。

……原本。

拉歐哈特是打算請副官巴爾弗雷亞擔任議會首長。

——可是，他從決鬥中失蹤後，至今仍下落不明。

問加爾多有無意願，他卻認為接下來的新世代該交由雷歐哈特等人開創，堅決婉拒。

雖也曾考慮讓參加過決鬥的路卡擔任議員之一，但心地溫良的他從以前就常說自己不適合政治，想專心走研究之路。於是雷歐哈特也尊重他的意願，讓他返回學院——他的歸屬。

「……那瀧川呢？」

想不在意他的去向也難吧。雷歐哈特跟著回答刃更的問題。

「拉斯立場特殊，我們和穩健派都不容易判斷該怎麼處理。他今後的從屬與安排，也是今天會談的議題之一。就我個人而言，是希望他能在政治面上繼續助我一臂之力……但很不巧，他似乎對政事不感興趣，說單純替自己負責的自由行動比較自在就回絕了，目前留在倫德瓦爾待命。」

第1章 各個承諾的結果

「那就見不到他了吧……虧我還想在回去那邊之前對他說聲再見，謝謝他的照顧呢。」

刃更又問：

「可是那傢伙沒問題嗎……？作雙面諜的人，立場恐怕很……」

「這件事你不必擔心。就結論而言，他的行動不只是幫助我們，對穩健派也有利。無論如何，都應該不會問罪才對。」

「這樣啊……沒問題就好。」

刃更這麼說之後笑了笑。見到他的開朗笑容——

「————」

讓雷歐哈特感到，體內深處發起一絲寒意。

——就在剛才，刃更曾有意攻擊他們。

同時面對雷歐哈特與八魔將，實在不像有任何勝算。

刃更自己應該也十分明白這點。

……但是。

他卻仍試圖動手。

那八成是因為他當時眼中，看的是某種雷歐哈特等人無法理解的事物吧。

某種根源不明的事物。

「…………東城刃更。」

「嗯？什麼事？」

雷歐哈特的呼喊使刃更轉過頭來。

那毫無戒心的表情，反而更加強雷歐哈特心中的衝動。

想問清楚莉雅菈的猜測是否正確——殺了貝爾費格的人究竟是不是刃更。

就在趕赴左右魔界未來的死鬥之前，而且是單槍匹馬。

然而——

「…………沒事。」

雷歐哈特將湧上咽喉的疑問吞了回去。

問了，刃更多半也不會承認；就算他認了，也只會讓八魔將對他抱起無謂戒心而已。弄不好，他們之中還會有人反對與穩健派議和。

不會為任何人帶來幸福的真相，就該埋藏在黑暗裡。

儘管——那會傷及雷歐哈特的尊嚴。

畢竟在必要時對眼中真相視而不見，也是一國之君雷歐哈特該做的犧牲。

接著——

「那我差不多該走了……澪她們還在等我。」

「好……再會了，東城刃更。」

刃更的背影，就這麼在雷歐哈特的目送下走向城外。

直到再也看不見——

「————」

雷歐哈特也緩緩轉身，邁步而去。

如同刃更等人返回自己的世界，雷歐哈特也要前往自己該去的地方。

以重獲新生的現任魔王派領導者身分，與穩健派之首拉姆薩斯面談。

共議這魔界的未來。

10

告別雷歐哈特後，刃更從後門離開維爾達城。

並繼續在露綺亞的帶領下走了一段，抵達雪菈建構的空間通道入口。

在那裡，刃更再度感謝露綺亞的照顧並鄭重道別，接著踏進通道。

下個瞬間——刃更已來到澪她們身邊。

「刃更……！」

一見到他，澪幾個立刻綻放笑顏。

「抱歉，讓妳們久等了……」

刃更似乎想她們安心，語氣特別溫柔。

「……你從拉姆薩斯那邊問到你想問的了嗎？」

下方傳來含笑的聲音。低頭一看，雪菈正帶著意味深長的微笑仰望他。

「沒有……我什麼也沒問到。」

於是，刃更苦笑回答。他並沒有說謊。扣除有關未來的話題，刃更想確認的過去種種，全都是他在單方面表述己見。

拉姆薩斯並沒有承認任何一個假設——這就是那個當下的結果。

不過雪菈也從刃更的苦笑，明白了大致上的情況，不再多說。

對於她的貼心舉動，刃更也心懷感激。

因為拉姆薩斯的祕密，還不能讓澪知道。

——於是，刃更對於露綺亞所說的萬理亞身世也隻字不提。

現在——還有以後，他都不打算說出真相，除非雪菈允許。

「——好啦，要開始囉♪」

第1章
各個承諾的結果

雪菈輕佻地這麼說之後就展開魔法陣。

才剛反應——魔法陣已連接兩個不同次元。這次元境界與露綺亞的相仿，但空間接續面沒有一絲搖動，更為完美。

——此外，雪菈的次元境界，也不像露綺亞那樣垂直於地面。

而是水平——而且就在地上。

結果——

「咦——呀啊啊啊啊啊啊啊啊啊啊啊啊啊啊啊啊啊啊啊！」

澪幾個就這麼被這個洞一口吞了似的，拖著尖銳慘叫直墜而下，一轉眼就不見人影。

「呃……雪菈小姐，妳怎麼……？」

剛好站在不同位置而躲過一劫的刃更疑惑地問。

「放心啦，次元都接好了。」

雪菈淘氣地呵呵笑著說。

到了最後的最後也照樣惡作劇的蘿莉夢魔媽，讓刃更不禁嘆息。

「有接好就好……那麼雪菈小姐，真的很感謝妳這幾天的照顧。」

如此道別後，刃更站到次元境界邊緣，要隨澪她們而去。

就在這時。

「——刃更弟弟。」

雪菈喊了他的名字。

語氣與過去的她判若兩人——嚴肅得一絲不苟。

雪菈的呼喚，讓視線彼端的刃更驚訝地回頭。

隨後，雪菈對他說：

「你疼惜澪妹妹她們是很好，不過，這並不代表你可以為了她們而犧牲自己——千萬別忘了這件事喔？」

刃更似乎是懂了她的意思。

表情略為暗沉，以沉默作回應。

而雪菈也能相當明白，這沉默是來自怎樣的感情。

所以，有些話非得在這裡先講明不可。

……很不巧，我沒辦法把事情都交給那些笨男人。

迅與威爾貝特——這兩個單親父親，也許都認為少說些擔心人的話才是美德，但雪菈這個女人可沒有義務配合他們無聊的男性浪漫。

第1章 各個承諾的結果

——迅與瑟菲雅所生的刃更，對雪菈和威爾貝特而言都是個希望。

象徵著勇者一族與魔族的戰鬥畫下休止符，全新時代的可能。

雪菈知道，這是他們自己強加在刃更身上的期許和希望。

儘管如此，刃更他們這些孩子能夠幸福生活的世界——仍是迅、威爾貝特和雪菈所企盼的未來。因此——

「答應我——無論如何都不要做出放棄自己的事。」

東城刃更一時不知如何回答。沒必要讓雪菈操無謂的心。

要敷衍雪菈，藉口自然有得是，但是——他不想這麼做。因為雪菈的叮囑，是前所未有地嚴肅。

於是刃更緊緊握起雙拳，說道：

「……——我盡量努力。」

這是現在的刃更所能說的，最真的話。他只能承諾雪菈這麼多。

那或許與雪菈期待的答覆相差甚遠，不過——

「——」

雪菈仍微笑著點點頭，將一個紮了大紅蝴蝶結的袋子丟給刃更。伸手一接，發現袋子裝得滿滿的，意外地沉。

「這是……？」

「魔界的餞別禮，幫你們更快融入多了潔絲特妹妹的新生活。那些東西在很多地方都能派上用場，有困難的時候就拿出來用吧。」

雪菈說完就對刃更揮了揮手。

「好——非常謝謝妳。」

刃更道謝之後，直接跳進雪菈開啟的次元境界。

雙眼凝視前方——他珍愛的少女們所在的方向。

11

跳進次元境界的同時——刃更周圍的聲光都消失了。

包圍刃更的，是比緊閉雙眼更為深沉的黑暗。

緊接在五官感到剎那空白之後——刃更輕飄飄地在黑暗底端著陸。

第1章
各個承諾的結果

就在此時，眼前忽然布滿炫光。

下一刻，東城刃更發現自己已身在一個熟悉的房間——東城家客廳。

回家了……在如此安心之前——

「————！」

刃更先為意想不到的畫面嚇了一跳。

「呃、喂……！」

澪她們五個，竟全倒在客廳地上。

「……？」

還以為先回來一步的她們出了事，但刃更很快就發現，她們呼吸相當平穩。

……只是睡著了嗎……

刃更沒有失去意識，表示這可能是她們在受到驚嚇而精神慌亂的狀態下，穿越次元所造成的影響，或單純是雪菈的惡作劇。無論如何，發現她們平安無事以後，刃更安心地拍拍胸脯，一屁股坐在地上。

「………………」

爾後，東城刃更重新環顧自己所在之處。

映在他眼中的，是他的歸屬，以及他珍愛的少女們。

那都是——東城刃更亟欲保護的事物。

……原來啊。

說不定，雪菈就是為了讓刃更有時間靜下心來看看這些事物，才讓澪她們睡去，留刃更最後離開。藉此告訴他，回到珍愛之人所在的地方，具有何種意義。

倘若刃更做出自棄行為，他所投注的愛有多深，眼前這些深愛刃更的女孩們，受到的傷痛也會有多重。

這種事，不應該發生。

「不，不是這樣……」

東城刃更面對自己的真心。自己真正不想見到的，是失去她們。

希望永遠看著她們的笑容，不讓任何人奪走。

這才是——東城刃更的心願。

「……既然都說會盡量努力了。」

為了不讓剛才對雪菈許下的承諾淪為謊言，自己今後必須永不放棄地尋找正確的道路，前往不會失去摯愛的未來。

將這份決心——覺悟，打得更深。

「……嗯。」

第1章

各個承諾的結果

這時，眼前出現聲音和動作。

熟睡的少女中，有一個醒了。

是澪。

自己並非人類，具有魔族血統的事，以及將刃更等人捲入紛爭的事，一直讓澪感到歉疚。如今，她總算是暫且掙脫了那樣的糾葛。

因此。

刃更早已決定好——回到這個家時，該對她說什麼話。

「刃更……？」

東城刃更帶著平穩微笑，對微微睜眼看著他的澪說：

「——澪，歡迎回家。」

滿腔心意，全濃縮在這短短的一句話。

第2章 蘿莉色夢魔想買房？

1

蘿莉色夢魔成瀨萬理亞的早晨相當忙碌。

掌管東城家家事的她，有一大堆非做不可的事。

即使只是從魔界回來剛過一晚。

由於這個緣故——

「嗯……啊啊、嗯……哈啊……♥」

一大清早的東城家，有個嬌喘陣陣的地方。

聲音是來自澪和萬理亞的房間——床上。

棉被裡，澪的睡衣上衣全解了釦，袒露著碩大的乳房；下身褲子已經脫去，只留一條內褲。

「……不要啦，哥哥，不要……呼啊♥」

弱點所在的胸部在仔細搓揉之下不斷敏感反應，讓澪一扭再扭，口吐惹火的喘息。

——不過，她雙眼始終緊閉。

因為她還在睡。蘿莉色夢魔成瀨萬理亞一面揉胸，為睡夢中的澪製造快感，一面看著她硬挺的粉櫻色美麗乳頭，洩出滿意的竊笑。

「呵呵呵……澪大人，您今天早上的反應也很棒喔～」

——從上一次，目擊澪夢見刃更對她夜襲的那一天起。

萬理亞為了滿足澪的願望，並讓她成為更屈服於刃更的好屬下，開始定期讓她作被刃更要求各種淫行的夢。

換言之，就是一種睡眠學習法。

「來吧，澪大人……不要再矜持了，接受它吧。」

萬理亞滿眼亢奮地揪起澪的乳頭一擰——

「嗯——……♥」

澪便保持緊閉雙眼的狀態身子一抖，弓著背挺住不動。

在睡夢中輕微地高潮了。

那是肉體經過刃更高度開發的證明。萬理亞檢查澪兩股之間，確認內褲上因那反應出現一抹濕痕時，得到幸福至極的成就感。

「——好，換下一個。」

萬理亞一副還有人在排隊的樣子，悄悄離開澪的房間。

入侵柚希和胡桃的房間後，她也如法炮製，讓她們作個被刃更猥褻的美夢，給她們幸福的睡眠當禮物；手伸進柚希的內褲揉捏屁股，脫下胡桃上半身的睡衣吸舔腋窩。

「啊……刃更♥」

「討厭啦，刃更哥哥……呼啊啊♥」

兩三下就讓野中姊妹輕微高潮後，萬理亞以手背拭去勞動後的暢快汗水。

「這樣就好了……今天也是從一大早就做得有聲有色呢。」

並「呼～」一吁口氣，表情清爽地笑。

話說回來——真的是好久沒有做這種事了。畢竟——

……這陣子一直都過得很嚴肅呢～

留在魔界的期間，所有人的精神都被迫保持在緊繃狀態。

說得更精確一點，從運動會之後——露綺亞來通知大家魔界有邀時，東城家就保持著一定的緊張狀態。將澪割離魔界的政治角力並非易事，又要與現任魔王派生死相搏，必須在瞬息萬變的狀況中，隨時思考該怎麼跨越種種過去無法比擬的困難，神經當然得緊繃。

若在平時，搗點亂讓陷入苦惱的刃更幾個放鬆心情，是萬理亞的職責所在。不過由於狀況是前所未有地艱難和其他因素，不得不自制一點，暫停這類的惡作劇。

……而且。

在那時候，萬理亞還有些關於佐基爾的問題有待了斷。回到魔界，讓她以為自己這次真的得從此與刃更幾個分開，實在沒心情嬉鬧。

當然——她依然強顏歡笑、故作開朗，讓她有得是機會像平常一樣，誘導澪幾個一步步上演鹹濕戲碼。

……可是。

若稍有破綻，很容易被刃更他們看破偽裝，反而更讓大家擔心。於是萬理亞選擇自制，不做那方面的事。

因此，直到昨天返回人界——這東城家，萬理亞幾個才真正地鬆了一口氣。也許是從過去的緊張中解放，使得累積的疲勞一口氣爆發了吧，昨晚大家早早就熄燈了。

即使是萬理亞，昨晚也不曾對他們動歪腦筋。

……不過呢～

一夜過去，萬理亞的夢魔能量已經十二分地填充完畢。

那麼，她當然得將這份積了又積的欲求，在滿溢得到處都是之前找個地方宣洩吧。

沒錯——專家出手，怎麼能不收點報酬。

有時是客人的歡笑還是感謝，有時是錢財。

……不過很可惜，我得不到那些東西。

澪她們雖然應該都樂在其中，但從來不會承認。

尤其是澪，還會對萬理亞發脾氣。然而萬理亞知道她都是惱羞成怒，罵得再兇萬理亞也笑得出來，玩得很開心，並不想要求任何補償。

因為她對她們做的一切，全都是出自她無償的愛。

沒錯，宛如以愛包容世界萬物的聖母瑪莉亞——雖然是個夢魔。

但老實說，沒事就被拳頭或雷電魔法修理得哇哇叫，難免偶有委屈鬱悶的時候。在這種時候，萬理亞就會設法犒賞自己。精明能幹的ＯＬ，也會拿甜食或啤酒嘉許自己的努力，萬理亞又何嘗不可呢。

所以，她已經是領薪水的心情。

「——今天早上，就讓我請大家大吃一頓吧！」

萬理亞這麼宣言後，離開了柚希和胡桃的房間。

接著躡手躡腳地穿過走廊——

「唔噗噗，敬請期待喔，刃更哥～」

沒錯——她的目的地，正是東城家唯一男性，刃更的房間。

第②章
蘿莉色夢魔想買房？

若只想找個欲求不滿的宣洩口，澪和胡桃都可以，不過——

……最近，能和刃更哥偷偷來的情況實在太少了嘛。

開始和柚希跟胡桃同居以來，肉體交流的次數大幅增加，萬理亞和刃更獨處的機會卻少了很多。

當然，在刃更調教澪她們時參一腳，總是好玩得不得了。

好玩歸好玩，但兩人獨處的時間，可是有不同樂趣。

……沒錯。我每次都把好處讓給澪大人她們。

萬理亞平時都甘於小菜的位置，偶爾享受享受只有自己和刃更的時間，應該不為過吧。

……那麼，我該怎麼玩呢。

萬理亞在刃更房門前低頭沉思。

過去，曾鑽過刃更的T恤一次。

「嗯……那這次當然要鑽內褲啦。」

雖然刃更穿的是貼身平口內褲，只要把褲頭的鬆緊帶撐到極限，應該勉強擠得進去。像澪她們，連刃更的T恤都鑽不了，這種時候，萬理亞自豪的蘿莉身材就能化不可能為可能。

而且，男孩子早上的生理現象非同小可。刃更還是高中一年級，正處於青春期高峰。

為了不傷及他纖細的男兒心，得用最溫柔的方式叫醒他才行。

沒錯。

『刃更哥，該起床囉……你看，小雞雞都已經起來了喲？』

真是句完美的問候。嗯，非這麼說不可。進房才脫衣服，摩擦聲恐怕會先吵醒刃更，萬理亞便在門外就脫個精光。但若衣服就這麼擱在走廊上，只要有人經過就會露出馬腳。於是萬理亞將衣物夾在手臂下，心想──

……我真聰明。

萬理亞事先點燃澪她們的慾火而弄溼內褲，為的就是不讓她們太早出來攪局。她們醒來時，應該會先為自己的春夢害一陣子的羞，然後換內褲、穿衣服，再偷偷溜到更衣間或浴室手洗內褲。這一連串動作，應該能爭取到充足時間。

「在妳們還在忙的時候，我就要收下刃更哥的初榨原汁囉～」

萬理亞再輕輕尖叫一聲，替自己炒熱氣氛，並悄悄打開刃更房門鑽進去──

「什麼──……？」

結果當場愣在原地。

刃更人還在床上，不過他已經醒了。

──但是，萬理亞的驚訝，並不只是來自刃更已醒。

主要是因為床上除了刃更外，還有另一個人。那就是──

第②章
蘿莉色夢魔想買房？

「潔絲特姊……」

萬理亞茫然低語。

沒錯——與刃更同床的就是潔絲特，而且她只穿一條內褲，和刃更面對面地跨坐在他的大腿上。豐滿的乳房，被刃更用力吸吮，眼神已融化在快感之中。

「哈啊……刃更主人……啊啊！刃更主人……♥」

潔絲特一臉陶醉地扭擺蛇腰，幸福地喘息呻吟。

左手，環繞在刃更後頸。

而右手——則是插在刃更的平口褲裡。

潔絲特感到有人進了刃更房間。

但她無法轉向背後——房門所在的位置。

那不只是因為獨占刃更疼愛的幸福令她覺得愧咎，更主要的是，她對眼前刃更的愛使她難以反應。沉溺在刃更給予的快感之中，讓潔絲特無法停止侍奉他的手。

——潔絲特會和刃更一早就打得火熱，不是沒有原因的。

昨天，潔絲特跟隨刃更等人，一起從魔界來到這東城家。

不過房間已全部住滿，潔絲特便暫且在客廳沙發過夜。好心的刃更擔心她沒睡好，一大早就下樓到客廳看看她的狀況。

刃更的關心，讓潔絲特十分感動……但同時卻又覺得自己造成主人的困擾，因而觸發主從契約的詛咒，陷入催淫狀態。見狀，刃更溫柔地抱起她，送到自己房間床上——之後就成了現在這樣。

——不過，潔絲特並不只是接受受主人的疼愛，等著詛咒解除。

她畢竟是刃更的侍女。

服侍刃更是她的義務，也是存在意義。於是——

「呼啊啊啊……哈啊、刃更主人……」

潔絲特一邊讓刃更吸吮因思念他而脹大的胸部，手一邊忘情地套弄他脹大的分身。往下扯開平口褲，能看見刃更鼓脹硬挺的陽物尖端溢出滿滿潤滑液般的黏性液體，潔絲特的手每次移動，都會發出咕啾咕啾的下流聲響。

「！……潔絲特……！」

忽然間，刃更放開含著潔絲特乳頭的嘴出聲呼喚，潔絲特也感到手裡的東西猛然脹得更大更硬。

所以——

第2章
蘿莉色夢魔想買房？

「嗯！……請射吧，刃更主人……！」

潔絲特也驟然加速手部動作，請求似的這麼說。緊接著——

「！——」

刃更繃緊全身的瞬間——大量火熱液體噴進潔絲特的右手。

那是刃更達到高潮而產生的反應。猛烈迸射的白濁汁液，將潔絲特褐色的胸和臉噴成黏糊糊一片。

「啊啊……嗯……♥」

儘管如此，刃更的陽物依然在潔絲特手中陣陣脈動。一再打著相同節奏的淫猥蠢動，告訴她刃更得到的快感是多麼強烈。

——我成功侍奉刃更主人了。

當達成侍女義務的喜悅，使潔絲特感動不已時——

「——潔絲特。」

刃更忽然在她耳畔輕呼她的名字，下一刻——

「！——呼啊啊啊啊啊啊啊♥」

潔絲特淫聲叫喊，上半身猛力翻仰。

弱點所在的耳朵被刃更一咬，使她激烈地高潮了。

2

隨後。

「——啊啊！我居然下意識地錄起影來了！」

茫然愣在門口，觀賞這整個過程的萬理亞總算回神，發現自己不知不覺地拿起攝影機，拍下刃更他們的戰況。

在走廊脫去並夾在手臂下的衣服，也整齊地擺在地上。

在這種時候，身體也能把握機會自動行動，我們夢魔的本能真是可怕可怕。只是——

……唔，好像怪怪的。

萬理亞忽然覺得不太對勁。明明自己的新珍賞影片收藏多了新的條目，卻不知為何高興不起來。

……平常我應該會更興奮才對呀……

在萬理亞百思不解這是何狀況時，被咬耳高潮的餘韻沖得兩眼失焦、意識模糊的潔絲特，在刃更的協助下躺平，刃更自己也穿回內褲，有點靦腆地問：

「我知道我沒什麼臉說別人……不過妳到底在幹麼啊，萬理亞？」

「沒什麼，我自己也不太清楚……」

萬理亞回答：

「我原本是打算拿刃更哥的初榨原汁犒賞自己，結果實際溜進房間後，發現刃更哥和潔絲特姊爽得正起勁。雖然不知不覺就拿攝影機拍下來，讓我也想對自己說聲『good job』，但就是高興不起來……」

接著「嗯……」地歪起頭問：

「刃更哥……你覺得這到底是怎麼回事咧？」

「妳有解釋跟沒解釋一樣，我哪知道為什麼。」

刃更一臉無力地說。

「這樣啊……好像有點道理。」

萬理亞重新來過，又問：

「那麼刃更哥——能請你睡個回籠覺嗎？」

「？為什麼？」

「很簡單，我只是想到你的內褲裡打擾一下……」

「什麼鬼！」

聽刃更倉皇大叫——

「噓～吵醒澪大人她們就不好囉。」

萬理亞急忙爬上床，用食指按住刃更的唇。

「真是的，我就不多浪費時間解釋了……嘿！」

然後對刃更施放夢魔的睡眠魔法。

「呃……妳做、什……麼——……」

或許是偷襲奏效了吧。刃更驚訝得睜大的眼一下子變得愈來愈迷濛，最後整個人斷了線般仰倒在床，發出陣陣鼾聲。

「呼呼呼。晚安喲，刃更哥——雖然是白天。」

萬理亞賊笑起來，急急忙忙地執行她原本的目的。

刃更內褲潛入作戰。

撐開褲頭鬆緊帶，在內褲和刃更之間製造空隙後，萬理亞先將右腳伸進去，從刃更左腳襠口滑出來。原想直接把屁股也塞進去，不過——

「哎呀……應該要先塞左腳才對。」

空間比想像中的小多了，難度與鑽T恤完全不是一個層次。

於是，萬理亞先伸進左腳，再背著手撐開褲頭。

第2章
蘿莉色夢魔想買房？

「哼唔！……嗯，好像有機會……喔喔真的可以喔～！」

總算將屁股成功塞進內褲，讓萬理亞為自己完成不可能的任務而開心得不得了。

「哇啊……從沒體驗過的緊貼感耶～」

平口褲裡頭，萬理亞和刃更的胯下完全嚴絲合縫貼在一起。這時——

……啊……

萬理亞忽然感到刃更的東西開始變硬。

這是由於和夢魔萬理亞肌膚相貼，敏感部位又遭到摩擦的緣故吧。萬理亞呵呵笑著說：

「都射過一發了還這麼快就變成這樣……真是拿刃更哥沒辦法。」

才剛這麼說——有個東西冷不防地一把抓在萬理亞頭上。

「……一大早就玩得很開心嘛，萬理亞。」

背後語帶冷笑的聲音，讓萬理亞臉上霎時冷汗直流。

「怎麼會……您為什麼在那個情況下還能來得這麼快？」

萬理亞抖個不停地問，澪跟著以令人心裡發寒的口吻說：

「妳太大意了……我是很想洗被妳弄溼的內褲沒錯，可是更衣間和浴室已經被柚希跟胡桃占去，我只能等她們洗完再洗。」

「怎麼這樣……妳們為什麼不開開心心一起洗？不趕快洗乾淨，會留下色色的痕跡喔？

沒關係嗎！」

「到時候丟掉就好了啦！」

澪大吼的同時，把萬理亞整個人啾波一聲地從刃更內褲裡抽了出來。前不久睡相還淫浪得很可愛的澪，如今太陽穴爆出粗大青筋，抓著萬理亞腦袋左右晃來晃去，讓萬理亞忽然一陣感慨。

「澪大人……您的握力變得好猛啊。」

「——是呀，託妳的福呢。」

澪再看看床上的刃更和潔絲特，說：

「受不了，為了拍色情影片就把潔絲特拖下水……我不想吵醒他們，回房間再慢慢修理妳。」

話一說完，握力大幅成長的澪就抓著萬理亞的頭，一路拖著她走。

「啊啊，這是天大的誤會啊！你們兩個不要再睡了，快點向澪大人解釋清楚嘛！我只有用魔法讓刃更哥睡著再鑽進他內褲裡啊！」

然而，潔絲特意識被激烈高潮的餘韻衝去一半，刃更被睡眠魔法送入夢鄉，聽不見萬理亞的叫喊。

回到自己房間後——萬理亞馬上就捱了澪的處刑全餐。

——當然，這也是睽違已久的事。

3

「嗚嗚……居然被家裡人這樣冤枉。」

被澪修理完的萬理亞重新站起後，咿咿唔唔地走下樓梯。

就在她打開客廳門，要往廚房去時——

「——咦？」

發現餐桌上已經擺了幾樣早餐，不禁睜圓了眼。

有色彩繽紛的沙拉、香噴噴的現烤麵包，還有煎得恰到好處的鬆軟蛋包。菜式雖然只是家常西餐，但每一樣都精緻得驚人。還不用嘗，光是用眼睛看就能知道它們鐵定好吃。而且擺盤優美，擺放位置和比例拿捏都沒有一絲馬虎，無懈可擊。當萬理亞為這完全是職業級的水準看傻了眼時——

「喔喔，太厲害了吧……」

「好像高級飯店的早餐喔。」

接著下樓的刃更幾個也連聲驚嘆。

……這麼棒的菜是誰做的？

萬理亞要找的答案就在廚房。

「──抱歉讓各位久等了。湯很快就會上桌，請再稍候片刻。」

如此恭敬地說話的正是潔絲特。她身穿可愛圍裙，替瓦斯爐上的湯做最後的調理。

「不會吧……妳什麼時候學會這個家的廚房怎麼用的？」

潔絲特昨天才剛來，居然這麼快就完美地熟悉了東城家的廚房環境。

這讓萬理亞整個人都傻了。

「之前，我準備和雪菈大人一起回穩健派聽從發落，等那邊派人過來而在這裡叨擾的那幾天，我趁機見識了一下這裡廚房的用法……後來就很期盼有朝一日，自己也能在這裡派上用場。」

想必潔絲特在魔界，向雪菈跟露綺亞學習如何當個稱職侍女時，就時時夢想著為東城家──不，為刃更發揮所學吧。

「這樣啊……謝謝妳這麼有心。」

聽了潔絲特的話，讓刃更面露寬慰的微笑。

「………………」

相反地，萬理亞的表情十分複雜。

……可、可是她怎麼……？

這是因為，她有一個疑問——食材從何而來？

——前往魔界前，萬理亞考慮到需要長時間離家，便將冰箱裡的生鮮食品幾乎用光。

因此，她打算早餐先將就一點，用米飯等容易保存的食材，做點烤飯糰泡飯之類的簡單菜式，再到超市買菜。而潔絲特所做的早餐，明顯不是東城家所剩的食材做得出來的東西，即表示——

「難道妳，還去買菜了……？」

「是的。這個世界的『超級市場』實在很方便，能一大早就輕鬆買到想要的菜，真是太棒了。」

潔絲特一口就承認了萬理亞的問題。

從製作如此精緻餐點所需的時間反推，在萬理亞上門挖刃更起床前，潔絲特就得將食材處理好八成左右，否則一定來不及。考慮到冬天日出時間晚，她應該是天還沒亮就一個人出門買菜了。

「可是，妳有錢嗎……？」

柚希的單純疑問，讓萬理亞逮到機會似的馬上搭腔。

「就、就是啊！潔絲特姊身上應該沒有這個世界的錢，該不會是脅迫店員把菜——」

「——這方面，請各位不用擔心。」

潔絲特迅速抽出一張卡片，擺在桌上。

「黑、黑卡……！」

見到潔絲特亮出唯有通過嚴格審查的人才會擁有的信用卡之王，讓萬理亞不寒而慄。

「在這個世界服侍刃更主人，自然也得滿足澪大人一切生活所需，露綺亞大人便給了我這張卡。」

胡桃蹙著眉對說得理所當然的潔絲特問：

「那個……為了保險起見，我還是想問一下，這應該不是偽卡吧？」

「請別擔心。假如以魔法偽造或操控意識等方式取得大量金錢，會對人界造成巨大的影響。做這麼大膽的事，不僅很容易被勇者一族視為問題而出手干涉，柚希小姐和胡桃小姐的立場也將因此更加艱難，所以我絕對不會做出那種事。」

潔絲特微笑著說：

「拉姆薩斯大人與克勞斯大人為獎勵各位擊敗現任魔王派的攻擊，以及確保澪大人生活上不會有任何不便，特地將魔界巴里亞蘭金礦場中挖掘出的最高純度黃金帶來這個世界，以外幣賣出後轉匯日圓並開立帳戶，這張卡就是在那時候辦的。」

過去——威爾貝特託付屬下擔任澪的養父母時，也是用同樣方法提供他們在人界生活的所需花費。

不過，那只是威爾貝特為了盡可能從澪身邊杜絕一切危險而做的安全措施，基本上不需要看勇者一族的臉色。

而這一次，則是一併考量到澪選擇以人類身分過活，給予刃更等人應有的獎勵，並顧及潔絲特所說的柚希和胡桃的立場三者而選定的，最不容易被勇者一族盯上的方法吧。

萬理亞不僅明白穩健派的用意，也認為那是正確的決定，但是——

「為、為什麼姊姊大人把卡交給潔絲特姊……生活費交給我就好了吧？」

難以接受的結果，讓萬理亞氣鼓了臉。

「露綺亞大人說，假如卡被妳拿去，很容易把錢浪費在猥褻道具上，所以家計暫時由我管理。」

「啊……」

「是、是怎樣啊，刃更哥！為什麼一副有道理的臉！真是讓人太傷心了！我會那麼賣力網羅十八禁遊戲和成人玩具，還不都是要充實刃更哥你們的屈服調教生活！而且那都是我仔細看過網路評價跟跑過一遍試玩版才買回來的耶！一次也沒有隨便浪費錢！」

見到萬理亞憤恨不平，刃更趕緊安撫：

「我知道我知道，總之先開動吧……好不好？」

於是大夥也各自就座，潔絲特跟著一碗碗地盛起剛煮好的湯送到每個人面前，並謙遜不安地說：

「……希望合大家胃口。」

——然而，除了她以外的每個人都明白，那是多餘的顧慮。

潔絲特手下菜餚的滋味，其實更勝於外表。

「好好吃……」「真的超厲害的……」

才嘗一口，所有人就感動不已。萬理亞也將一匙蛋包送進口中——

「這、這是……！」

雖然不甘心，但真的美味極了——質地蓬鬆軟嫩，表面濕滑可口。

不僅是火候恰到好處，若非摸透平底鍋材質並徹底活用，絕不可能達到這種水準。

「…………」

當立場盡失的萬理亞，感到天快塌下來的時候——

「怎麼啦，潔絲特？妳也快點坐下來——」

刃更忽然發現自己失言，話只說一半就停了。

因為他發現和床位不夠一樣——餐椅也少了一張。

原先——東城家餐桌邊的椅子只有四張。

屬於這個家的原始成員：迅、刃更、澪和萬理亞。

柚希住進來時，迅已出了遠門，便直接用他的位子；直到胡桃也加入同居生活，才一起上街添購。

……我怎麼這麼粗心。

東城刃更知道自己犯了愚蠢的錯誤。

昨晚發現潔絲特沒有床位時，就該一併察覺這件事。既然她以後也要在這個家生活，不僅是床，其他所需家具一樣也不能缺。當然，那或許不是剛從魔界回來的隔天一早就能解決的問題，但早餐也能到客廳吃，甚至選擇外食吧。當刃更這麼想時——

「請您千萬別在意，我不要緊。」

潔絲特微笑著說：

「何況侍女與主人同桌用餐，本來就是件失禮的事……」

刃更聽了搖搖頭。

「潔絲特，不能這樣說。也許那違反了侍女的規範，但我還是希望妳以後能和我們一起吃飯。」

「可是……」

對於不敢踰矩的潔絲特，刃更清楚說出自己的想法。

「就像妳當我是主人一樣，我把這個家的每個人都當作家人看待……既然妳以後要和我們一起生活，我希望妳能遵從這個家的做法。」

「我知道了……我會遵從刃更主人的命令。」

「說命令也不太對，我只是勸妳也把自己當做我們的家人，不要那麼拘謹而已……不急，妳慢慢就會習慣了。」

「是……」

聽了刃更的話，潔絲特開心地微笑。

「話說，擺了潔絲特需要的家具以後，空間真的會有點不夠用喔……」

畢竟，這當初是為了讓迅、刃更、澪和萬理亞四人一起生活而租的房子。

格局是四房兩廳加一置物室，除了四人各自的房間以外，還有個迅專門用來放置至今工作檔案資材的書房。

——在柚希和胡桃都搬進來之後，房間配法曾改過一次。

刃更和迅的房間依然不變，其餘兩個房間由澪和萬理亞、胡桃和柚希共用。儘管大家都有房間睡，但這個狀態已經瀕臨極限了。

昨晚，刃更曾要潔絲特睡迅的房間，她卻惶恐地堅決婉謝。然而，也不能讓她和刃更這個男人同床共枕。

不僅刃更的理性不允許，那一定也會引起其他女孩的反彈。潔絲特也不希望自己造成刃更的不便，更不敢占用主人的空間……最後，一樣是婉拒了。

——話雖如此，房間不夠就是不夠。

到底該怎麼辦呢？當刃更開始苦惱時——

「那麼刃更哥，要不要趁這個機會搬新家呀？」

萬理亞啪地一聲拍個掌說：

「即使房間數不夠，只要再想辦法擠一下，是有辦法清出潔絲特姊的居住空間。可是，假如迅叔叔找到下落不明的東城媽媽，夫婦兩個一起手牽手回來，這個家的容量就真的會完全超載。」

而且——

「迅叔叔離開這個家之後，我們的關係發生了很大的變化。就我個人來說，在迅叔叔在家的時候壓低聲音不讓他聽見，享受隨時可能被發現的刺激是很好玩，久了還是不太方便。

雖然——」

第②章
蘿莉色夢魔想買房？

萬理亞繼續說：

「迅叔叔也知道刃更哥和澪大人妳們結了夢魔特性的主從契約，應該想像得到我們都在搞些什麼……但是，讓他實際聽見或看見，可又是另外一回事了。澪大人妳們，以後可能沒辦法安心對刃更哥屈服囉。」

「什麼『安心』啊，妳真的是……」

澪不敢隨便同意，紅著臉矇混過去。

「刃更哥自己，也不好意思在爸爸在家的情況下調教澪大人她們吧？」

「那當然啊……」

別說不好意思，根本做都不敢做。

「不過如果刃更哥的癖好異於常人，想讓爸爸看自己和女孩子親熱的畫面，那就另當別論了。」

「完全沒有，妳儘管放心。」

刃更立刻斷言。

「可是……妳說的確實有點道理。」

「我就知道！有觀眾真的特別興奮對不對！」

「不要再扯癖好了，我是說搬家的事。」

即使與魔族的問題暫告一段落，在魔界的恩怨餘燼仍有可能復燃的狀況下，刃更幾個不能這麼早就解除彼此的主從關係。這種事，必須審慎考量穩健派與現任魔王派的和平狀況，以及與其他勢力間的關係發展變化後再行判斷。因此，考慮到迅回家後的問題，刃更無法否認這個家的生活空間的確相當拮据。

「話說回來，房子這種東西不是我們這些未成年人能買的吧……」

無論在金錢或信用上都有問題。利用魔法的力量，是能夠操控不動產業者的意識簽約；但在潔絲特也開始在這個家同居的狀態下，必須盡量避免會再度吸引勇者一族目光的事。

「──錢的方面，有我代管的帳戶可以用。」

潔絲特客氣地說：

「那裡面的錢，本來就是用來獎勵各位表現，並提供澪大人生活所需而交給我的。假如各位希望取得迅先生的同意，那就先向他報告現況，請他答應各位另找新房，各位意下如何？」

「這個嘛……話是這麼說沒錯啦。」

的確，迅身上帶著裝有特殊魔力晶片的手機，即使人在魔界也能取得聯絡。可能出問題的地方，是在於──

「妳們怎麼說？會出事嗎？」

第2章 蘿莉色夢魔想買房？

刃更針對潔絲特的提議詢問柚希和胡桃，「村落」會將搬家視為問題的可能性有多大。

柚希想了幾秒就回答：

「應該沒問題……畢竟那沒有直接傷害任何人。」

「而且搬個家對社會也不至於造成重大影響。」

胡桃也認為沒有大礙。

「這樣啊……」

那麼，或許真的該認真考慮這件事。刃更重新環視所有人，澪、柚希、胡桃和潔絲特四人的眼神，都表示「沒有意見」。

唯有一人——萬理亞的表情，似乎不太高興。

「怎麼啦，萬理亞……說要搬家的人不就是妳嗎？到頭來還是反悔啦？」

「哪有，怎麼會呢～？我一點也沒有反悔的意思呀？」

萬理亞十分做作地敷衍刃更的問題。

「看起來完全不像……總之，我晚點再找找看有沒有好房子。」

東城刃更無奈地嘆著氣說：

「先不管最後會怎麼做——只是收集一點資料，應該鬧不出問題吧。」

4

被潔絲特搶先叫醒刃更，連早餐都做得那麼完美。

為了扳回一城而提議搬新家，反而讓她帥氣地說不用擔心開銷問題，還冷靜地提出具體且有效的意見。

「嗚嗚……現在這樣，我簡直就像個小丑嘛～」

於是早餐後──萬理亞跑到柚希和胡桃的房間，哭喪著臉大吐苦水。

「喂！妳有在聽嗎，胡桃？」

「呀啊……妳、妳說有話跟我說，我才……結果妳、怎麼一大早就……呼啊啊！」

被萬理亞從後環抱的胡桃，在她的臂彎中媚聲喘息。

──萬理亞人正在胡桃床上，用她撫慰自己受創的心。

脫下外衣和胸罩後，只剩一條內褲的胡桃和全裸沒什麼不同。

「妳想想看嘛，這樣我不就沒事做了嗎……潔絲特姊還會在半夜打掃家裡，趁大家吃早餐的時候洗衣服耶。」

要是掉以輕心，說不定連小丑都當不成，變成一條沒用的喪家犬。

所以萬理亞此時此刻，只能藉由逗弄胡桃的胸部，不時舔舔她敏感的腋下，感受她在自己手中情慾漸漸高漲，以維護自己的尊嚴。

現在，萬理亞正將手滑進胡桃的內褲，並伸出舌頭，在她的胳肢窩勾舔一下。就在這同時——

「呀——呼啊啊啊啊啊啊啊啊啊♥」

胡桃全身猛一顫動，甜聲尖叫。

剎那間，被萬理亞入侵的內褲裡熱呼呼地濕了一片。

那是常見於女性高潮時的特有反應。

胡桃原先被快感浸濕的眼角，現在更被破堤的狂潮沖得堆滿淚水。見狀，萬理亞翻到她面前，感動得將她緊緊擁入懷中。

「胡桃最好了……還為我難過得掉眼淚。」

「！……哈啊、哪有……萬理亞……啊啊……嗯！」

萬理亞沒有放過喘息如火的胡桃，手在她濕熱的內褲裡恣意搓揉臀丘，不讓她說下去。

「不用擔心～我一定會負起責任，把胡桃弄溼的內褲和床單洗乾淨的！所以，妳就再陪我玩一下嘛？雖然媽媽替妳解開了對潔絲特姊的心結，和她感情一下子變得很好，不過我可是不會輸給她的喔？」

並帶著使壞的眼神這麼說之後，舔去胡桃的眼淚，接著——

「——柚希姊要不要也來同樂樂呀？」

半開玩笑地對柚希這麼問。柚希坐在另一張床邊——置於對側牆角的床邊地上，背靠著床看書。

沒錯——打從萬理亞和胡桃開始恩愛時，柚希就已經在房間裡了。

但她默許了那樣的行為，一句怨言也沒有，彷彿在守望她們增進友情——只是她實際上一眼也沒看，都在讀自己的書就是了。

「我……？」

柚希的視線離開書本，抬頭看了看萬理亞和胡桃。

「…………好吧。」

然後碰地一聲闔上書本，起身走來。

「姊、姊姊……？」

胡桃大概作夢也沒想到柚希會答應吧，她不禁疑惑地大叫，猛一轉頭看著柚希。

然而，萬理亞也同樣驚訝。還以為柚希只是裝作沒看見，不至於會想湊一腳。只見柚希毫不在乎胡桃和萬理亞的訝異神情，來到床邊默默脫衣，很快就只剩一條內褲。

「話說萬理亞……妳來得及出門嗎？」

第②章 蘿莉色夢魔想買房？

柚希上床時問道。

「那個妳放心……我是下午才要出去。」

萬理亞給予肯定答覆。

早餐後——刃更以簡訊詢問迅的意見，得到「你想怎麼做都行」的答覆，問題一下子全解決了。於是現在，由於大家曾事先上網搜尋售屋資訊，卻找不到合乎條件的房子，刃更便開始挑選最近車站邊較具規模的房仲公司，準備在午餐之後——也就是下午，親自走一趟。

結果——

「反正午餐一定也是潔絲特姊做，所以我打算把到中午這段時間都拿來品嘗胡桃的滋味。沒錯，就像香甜的小點心一樣！」

「這樣啊……那就好。」

柚希一這麼說就繞到胡桃背後，和萬理亞一前一後地夾住她。

「呀！不會吧……姊……？」

「不要怕……我是妳的姊姊嘛。」

柚希從背後——肩上掩蓋困惑的妹妹，雙手繞到前方輕撫她的胸。

「……萬理亞，妳也來。」

「——收到！」

聽見柚希如此要求，萬理亞立刻笑嘻嘻地點頭，唇直往胡桃腋下湊。

胡桃雖嚇得倉皇抵抗，無奈雙拳難敵四手加一舌。

「討厭……妳們兩個、不要啦……啊啊啊！哈啊啊啊啊啊啊啊啊♥」

萬理亞的舌在胡桃腋窩猛力一刮，讓胡桃又甜叫著再嘗高潮。

5

後來——胡桃真的被萬理亞和柚希疼愛到將近正午。

被單方面圍攻讓胡桃很不甘心，半途籠絡萬理亞合攻柚希。柚希就這麼被萬理亞鉗住雙手，屁股被胡桃揉得一塌糊塗，一下子就高潮了。接下來，姊妹倆各自賭上尊嚴，誰也不讓誰地互相攻擊弱點。

最後，快感的餘韻強得胡桃倒在床上動彈不得，甚至無法和大家一起吃午餐，退出下午出門找房子的行程。

萬理亞似乎也知道自己做得稍嫌過火，很過意不去的樣子；但胡桃一點也不生氣，依然笑著送她跟刃更幾個出門。

第2章
蘿莉色夢魔想買房？

萬理亞心中這份不知所措的鬱悶感覺，胡桃過去也曾體驗。跟高志和斯波來到這裡時，不知該如何面對刃更；住進東城家輔助柚希時，不知該如何看待萬理亞——前往魔界時，也對潔絲特有過相同感覺。那種鬱悶，唯有真心面對對方才能化解。因此——

……妳可以的。

胡桃在心中為萬理亞加油打氣。既然自己都克服得了這個障礙……想必萬理亞也辦得到。這可不是空口白話。

……因為有刃更在。

每當胡桃的感情備受煎熬時，刃更總會拯救她的心。所以，萬理亞一定也過得了這一關才對。

而現在——選擇留下看家的胡桃，正泡在浴缸裡。

為了洗去萬理亞和柚希害她流得滿身的汗水。

——不過，浴室裡不是只有胡桃一個。

柚希也留下來陪她，坐在蓮蓬頭前的塑膠椅上，默默地用浴綿擦洗身體。

「姊……妳怎麼不跟刃更他們一起去？」

胡桃側眼窺探柚希的臉色問。

平常只要刃更出門，柚希說什麼都要跟。

假如有澪同行，更是沒有商量的餘地。

……而且。

今天和萬理亞站在同一陣線，那麼積極地調戲胡桃，感覺也不太對勁。

——當然，柚希過去也做過類似的事。

例如胡桃剛來到東城家支援柚希時，得知她和刃更藉萬理亞的魔力締結主從契約時，在魔界與現任魔王派對決前夕，也在客館中和所有人一起共享靈肉之歡。不過，柚希和胡桃跟發情像呼吸一樣自然的調皮夢魔萬理亞，只有在刃更也在時才會做那些事。

她今天到底是怎麼了？當胡桃如此疑惑時，柚希問：

「——胡桃，再來怎麼辦？」

「就是……稍微放鬆一下啊。」

長期處在魔界，暴露在濃烈魔素下的影響，至今也仍未完全消退，讓胡桃有些倦怠。而柚希透過魔族萬理亞的魔力和刃更締結主從契約，使得魔素抗性較高，所以並沒有出現這樣的症狀。

當然，胡桃也受過勇者一族的抗魔素訓練，不至於對日常生活造成障礙；現在又回到了自己的世界，只要再休息幾天，體內累積的魔素應該就會完全消散。現在洗澡，除了沖去汗水之外，也有為自己淨身的意義在。不過，柚希想問的並不是胡桃以為的意思——

第②章

蘿莉色夢魔想買房？

「——澪已經決定好，以後要怎麼活下去了。」

柚希這句話，在浴室靜靜地迴響。

「————」

當胡桃驚覺自己誤會時——

「然後她到魔界去，把自己跟魔族的問題做了了斷……接下來，輪到我們了。」

柚希淡淡地這麼說，並向她看去。

「身為勇者一族和一個人類——應該和刃更保持怎樣的關係，是我們未來的重點。我們必須好好決定自己的人生方向才行。」

「姊——……」

胡桃不禁為之屏息。

——有種，心靈深處被柚希一眼看透的感覺。

自己不只是在乎刃更，如今，也將澪、萬理亞和潔絲特視為朋友。

……可是。

自己和姊姊終究是勇者一族。事實就是事實，一味逃避下去也不是辦法。

澪已漸漸掌握如何使用繼承自威爾貝特的力量，擁有S級戰力的潔絲特又來到這個家裡。這樣的情況，「村落」絕不可能視而不見。就連萬理亞，現在也具備A級或更高的力量。想繼續與刃更生活，就等於要和澪她們相處。

想必澪她們早已選擇，與刃更並肩走下去。

且沒有一絲猶豫。

——這樣的差異，正好符合現在的狀況。

刃更帶著澪、萬理亞和潔絲特，出門尋找新的住所——胡桃和柚希兩人，就這麼留在沒有他們的地方。

「……近期之內，刃更應該也會決定自己的方向。所以，我們必須在那之前下定決心才行。因為——」

柚希解釋：

「我們的決定，可能改變刃更選擇的道路。至少，我不希望刃更做出雪菈小姐擔心的那種事。」

「可是……我們的決定也可能反而讓刃更選擇那種路啊。」

胡桃也說出另一角度的擔憂。若胡桃和柚希決定與刃更生活，第一個避不了的問題，就是人在「村落」的父母將陷入兩難。由於這個緣故，胡桃和柚希仍無法完全決定自己該怎麼做。另一方面，刃更也十分可能為她們著想，而刻意疏遠她們。

「妳說得對……但是，我不想再後悔了。」

第2章
蘿莉色夢魔想買房？

柚希語氣堅決地說：

「五年前那場悲劇發生的當下，我什麼也不能做……刃更救了我的命，我卻只能默默看著他被逐出『村落』。從此，我決定保護刃更想保護的東西……把自己鍛鍊得更強更強，可是我已經和他分開了。直到『咲耶』選上了我，讓我成為澪的監視者，我才碰巧和刃更重逢……」

可是──

「這之中只要有一個差錯，就可能不會有第二次機會……我和胡桃，恐怕都再也見不到刃更了。」

「這──……」

柚希所說的想法，讓胡桃無言以對。

「因此，這次我要在刃更之前決定自己的方向……絕對不要等到來不及了才來後悔。」

而且──

「我也不希望那種後悔在妳身上重演，所以……」

我們一起決定──屬於野中柚希和野中胡桃的方向吧。

「…………好。」

聽了柚希的話，胡桃沉默片刻，明確地頷首回答。

……說得沒錯。

五年前的悲劇，並不只是失去了同族夥伴和朋友。

還包含自己只能默默看著刃更的背影遠離「村落」，什麼也不能做——如此難以承受的痛苦。

那種後悔——我可不想經歷第二次。

6

萬理亞靠胡桃和柚希充飽淫慾能量後，渾身是勁地出了門。

跟著刃更、澪和潔絲特，來站前的房仲公司。

而目的——是找出一個夢幻新家，讓大家可以玩得比過去更淫亂，調教得更徹底。然而——

「很抱歉，現在我們公司底下沒有符合各位條件的物件……」

接待他們的房仲不好意思地說。

刃更幾個的首要考量，是避免附近住戶遭受他們的牽連，因此必須是獨棟房屋，空間還

第②章 蘿莉色夢魔想買房？

要比現在這個家更為充裕。

而萬理亞的條件，則是每個人都要有一間房，以及能夠同時容納所有人的寬敞浴室和特大浴缸。不過——

「既然各位已經上網查過資料，應該也能明白，這樣的房子不是那麼好找吧……就算問其他公司，機會恐怕也不大。」

「不、不會吧——……」

房仲的話，讓萬理亞大失所望。

——目前，東城家是擠得一床難求的狀態。

若暫不考慮迅，單就這六人搬新家而言，在一人一房的條件下，至少也得六房兩廳。

可是——即使將範圍擴大到聖坂學園徒步圈外，需要搭公車通學的地區，也找不到六房兩廳以上的獨棟待租屋。據房仲說，這一帶的房屋格局以四房兩廳為最多，其次是三房、五房；一到六房以上，數量就大幅銳減。

……沒想到少子化會影響到這種地方……！

看來，這個國家的處境比想像中還要艱難。萬理亞被名為現實的釘子碰得垂頭喪氣。

「不、不要這麼難過嘛，萬理亞……」

刃更似乎看了不忍心，摟上肩安慰她。身旁的澪也說：

「就是啊……五房也沒關係嘛。如果妳這麼想要自己的房間，給妳用單人房就好啦。浴室的話，只要稍微忍耐一下——」

「！——那怎麼可以！」

自己的想法遭到澪曲解——不，是誤會，讓萬理亞不禁大聲抗議。

刃更和澪都為那突如其來的過剩反應大感不解，盯著萬理亞看。

「萬理亞……？」

「……對不起，不小心太大聲了。」

萬理亞為自己的衝動道歉。

——她完全不是打算爭取自己的隱私。

萬理亞強調每個人都必須擁有自己的房間，是為了澪她們著想。

……因為。

要讓刃更和澪大人她們的關係繼續加深，大家單住一間房絕對比同住更好。在開放的環境下，容易使人心裡產生抗拒，而且——

……還能做一些同房的時候做不了的事。

有了自己的房間，就能大膽地做過去因怕羞而不敢做的事，不必顧忌其他人。

澪幾個女孩在刃更手下飽嘗強烈快感，敏感度經過深入開發，如今已牢牢記住了女性歡愉的滋味。因此——

……如果再不幫澪大人她們解鎖「一人H」選項，未免太殘忍了！

某些夜晚……她們也會慾火難耐，希望能想著刃更退退火吧。而且——假如能夠提供這樣的環境，澪她們一定能在成為淫亂大人的階梯上多前進幾階。

……如果我不堅持下去，哪盼得到這一天呢……！

成瀨萬理亞，懷起一股近似使命感的情緒。

能促成這美好願景的人，除自己外別無他者。

——趁食材正鮮美的季節細細品嚐，才合乎大和精神。圍繞在萬理亞周邊的狀況都在齊聲呼喊，要她將澪她們的「一人H」當成洩慾時的配菜。

話雖如此，萬理亞這麼做真的不是為了滿足自己的夢魔本能和願望。當然，她也不敢說自己完全沒有那種念頭，但是——

……現在可不能繼續原地踏步啊。

沒錯——儘管當前與魔界有關的問題都已解決，潛在風險並不會因此全部消失。魔界除穩健派及現任魔王派之外，還有許多游離勢力存在，其中不滿現在兩派朝同盟前進的相信是大有人在。拉姆薩斯和雷歐哈特，未來將一個個走訪這些勢力，與他們坐下來談；但這也表示——

……等一切問題都塵埃落定，還需要很長一段時間。

與現任魔王派停戰後，澪才終於從魔界的政治盤算與恩怨中獲得解放，或許有些話不適合現在對她說；不過不可否認地，其他勢力極有可能為了破壞同盟，而暗算穩健派與現任魔王派政要或相關人士。考慮到如此現況，刃更幾個仍須避免跨過最後底線而造成的危險，想繼續加劇自身行為也有所極限；同時——大家又不能滿足於自己現在的力量，非得繼續成長下去不可。

而且是非常貪心地，絕不滿足於現況，不斷追求成長。

……就算潔絲特姊在家事等各方面都比我強。

自己為刃更和澪她們——所有東城家一份子設想的心意，絕不會輸給她。

因此，成瀨萬理亞在新家的房間數上說什麼也不讓步。

且不僅房間必須足夠，還需要一個能同時容納六個人的大浴室，好讓未來大家的裸體交流能夠更加充實。

當萬理亞如此懷想自己深藏的野心時——

「——那麼，改看待售屋的部分怎麼樣？」

出門沒說過一句話的潔絲特，輕聲開了口。

第②章
蘿莉色夢魔想買房？

「待售屋……要直接買房子？」
澪進一步地問潔絲特的意思。
「對、對喔，還能這樣……」
萬理亞表情也隨即開朗起來。
「是的。我想不必堅持在租屋上，把考慮範圍擴大到待售屋也沒關係……我這邊的資金，其實還滿充裕。」
可是潔絲特一這麼說——
「…………………」
萬理亞又一臉陰鬱地低下了頭。
……萬理亞……？
不僅是澪，刃更和潔絲特都察覺萬理亞樣子不太對勁，三個人都擔心地注視著她。這時——
「——要買房的話，我們應該就能夠滿足各位的需求了！」
突然掉下來的生意機會，讓接待他們的房仲不顧氣氛亢奮地說：
「如果不考慮預算，我們的確有幾個六房以上的物件……有了，這間怎麼樣？」

並且滑了滑平板電腦，將畫面展示在他們面前。

「喔……我看看——咦？」

澪才將視線從萬理亞轉到螢幕仔細一看，就整個人傻住了。

原因，是出在上頭表列的物件資訊上。房仲照樣忽視澪的反應，又說：

「占地面積一百坪，樓層面積一百二十坪，九房兩廳。有這麼多房間，六個人應該也能住得很舒適才對。」

「訂價一億元啊……可以接受。」

見到潔絲特對表情得意的房仲點了頭——

「慢著慢著慢著，潔絲特，妳先別急。」

刃更急忙搖手制止她。

「？帳戶裡的金額，我已經向各位報告過了。這樣的價位，應該不需要顧慮太多吧？」

「呃，單從錢來看可能是沒錯啦……」

「……不過問題不在那裡。」

澪和刃更都頭疼起來，不曉得怎麼向茫然的潔絲特解釋。

穩健派交給潔絲特保管的帳戶中，的確存有高出剛才那間房三位數的金額。由於名目是給澪幾個的報酬，還需要除以六，但仍是一筆龐大的數目。只要有心，要買下一大片土地並隨意興建豪宅也不是問題。

……可是。

過那種豪奢的生活，反而容易使自己與原先期望的生活愈來愈遠。潔絲特待過佐基爾的大宅，也在魔界見過維爾達城或倫德瓦爾城等宏偉建築，應該只是想讓主人刃更和身為王族的澪，找個不會有任何不便的住處，沒有任何惡意。然而——

……得找個時間教教她一般人的價值觀和用錢概念才行。

既然要一起生活，就有義務充分地教導她這個世界的各種常識。所以——

「那個，不好意思喔……」

澪幾個向房仲表示會回去再行討論後，就離開了房仲公司。

7

出了店門後，刃更一時不知道接下來該怎麼辦。

之前列出的房仲公司不只這間，再多碰碰運氣，或許真能找到六房以上的獨棟待租屋。

……不過。

刃更在十字路口斑馬線前等紅燈時，向橫垂眼偷瞄。

站在刃更身旁的萬理亞，明顯地沒有精神。

並列在她背後的澪和潔絲特，也因為顧忌她而從前些時候就不再對話，使得一股尷尬的沉默籠罩著他們。

——明明提議搬新家，且比誰都更熱心促成的人，就是萬理亞自己。

萬理亞是那麼強烈要求每個人都該有一間房，且最後也找到了那樣的房子。儘管不是出租用，刃更和澪也阻止潔絲特說買就買，但以萬理亞的個性來看，應該會更積極勸誘才對。

……真是的。

刃更開始思考該怎麼處理。其實，早在萬理亞早餐後就跟柚希和胡桃在房裡窩了一個上午，刃更便已發現她不太對勁，並大致明白問題出在哪裡。澪大概也猜到了吧。

潔絲特似乎也察覺萬理亞的狀況與平時不同，但不知道原因。告訴她是無所謂，不過總不能在萬理亞面前說；而且考慮到潔絲特的個性，假如處理得不妥，或她也像胡桃當時那樣想不開，反而更麻煩。

因此，東城刃更在雜沓之中埋頭思量。

萬理亞和潔絲特——為了她們倆日後的相處，該怎麼做才是最好。

就在這時。

第2章
蘿莉色夢魔想買房？

刃更在斑馬線彼端──在對面路邊等紅燈的人群中，發現一張熟悉的臉。

「瀧川──……」

刃更呢喃出他的名字後，背後的澪幾個跟著發現他的存在。

『──』

對面的瀧川也和他們對上視線，瞇眼笑了一下。

燈號改變，往來兩側的人潮開始流動。

刃更一行向前走去，瀧川則一步不動地等在原處。

「──喲，小刃，一起出來約會啊？不愧是穩健派的大明星，派頭果然不一樣。」

瀧川對步步走來的刃更挖苦一句。

「瀧川……既然你在這裡，就表示……」

見到刃更推測大致現況之餘這麼問，瀧川八尋聳肩苦笑。

「是啊……如果有話要聊，就找個地方坐坐吧。我可不想在這種冷得吐血的大冬天裡站著說話。」

於是，刃更一行和瀧川就這麼進了附近的咖啡廳。

刃更剛轉入聖坂學園的那一天，就是被柚希帶到這間咖啡廳。

也許是因為現值假日下午，店裡人相當多，點餐櫃檯已排起隊伍。

「——我們來排，妳們三個先去找位子。」

刃更表示要自己先付帳並送餐後，澪和萬理亞各點了特調咖啡和咖啡拿鐵就到店裡找五個人能坐的位子；潔絲特雖不願讓刃更做這種雜事，但最後將他的話當作命令說服自己，說：「那我跟刃更主人一樣就好。」就跟澪她們走了。

刃更和瀧川兩個留下後，不顧周圍顧客直接聊了起來。

「穩健派和現任魔王派，已經討論好要怎麼處理你了嗎……」

「是啊。我現在是在雙方同意下，繼續幹監視的工作……不過對象不只是成瀨澪，還包括你們全部。」

一般人——不會對周遭他人的對話抱持太大興趣。

就算被他人聽見，也多半會以為是電影遊戲等虛構話題，聽聽就算了。不會有任何人會認為瀧川真的是魔族。

「不過話說回來，才一兩天而已耶……你們應對得也太快了吧。」

穩健派和現任魔王派，為議和而在維爾達第一次召開高峰會，是在刃更等人剛從魔界回來後不久——也就是昨天才發生的事。

瀧川一邊隨點餐隊伍前進，一邊說：

「說什麼傻話……這還不都是小刃你害的。」

「——我害的？」

瀧川的怨言，令刃更不禁皺眉。

——刃更也有自知之明，曉得自己會引起現任魔王派的戒心。

刃更與雷歐哈特戰鬥時展現那種力量時，就等於不只是穩健派，連現任魔王派都因此得知他身上具有魔王血統的祕密。

——可是，他不認為那會對兩派造成問題。

即使會引起現任魔王派的擔憂，穩健派——知道刃更身世的拉姆薩斯，應該會設法降低他們的疑慮。

那麼——還有什麼會讓穩健派和現任魔王派，同時將刃更視為潛在危險呢？

這時，正好輪到刃更和瀧川。兩人一起向店員點餐，刃更替瀧川付了帳並收回找零，往取餐櫃檯移動。

「難道說——他們在會談上，把貝爾費格那件事拿出來說？」

等店員出餐之餘，兩人繼續對話。

刃更在穩健派和現任魔王派決鬥開始之前，先隻身暗殺了貝爾費格。

知情者，除了下手的刃更本身以外——應該只有替他準備貝爾費格的香水，並告訴他遊樂場所在地的瀧川一個。

——當然，他們經過推論，進而懷疑刃更的可能並不為零。

迅似乎已隱約察覺，在維爾達城最後一次見到雷歐哈特時，他的神色也像覺得那是刃更所為。

然而——刃更並沒有留下任何能將凶手直接指向他的證據。

對澪她們，刃更也是聲稱自己是由於，事先測試過對戰雷歐哈特時用的那種雪菈調配的藥水，知道有一定勝算才會單獨行動，而她們也都接受了這個說法。

……畢竟我……

其實，刃更是在個別行動中才首度試用藥劑。

考慮到激發繼承自母親瑟菲雅的魔族之血所可能產生的風險，這是個能不用就最好別用的絕招；要用，也只能用在被逼到無路可走的時候。刃更不會等到自己陷入那種生死關頭，才賭運氣似的測試它是否真能奏效。

刃更從雪菈那拿了許多份激發魔族血統的藥，以及能夠抑制其效果——讓他恢復原狀的藥，而且都經過事前測試。

這是為了確認那種藥真的能做為絕招，並在事後能給澪她們一個清楚的說明。而這份說詞，對穩健派或現任魔王派也一樣有效。

因此，無論再怎麼懷疑，也出不了臆測的範疇。

正如同無論刃更多麼相信自己的推論而再三追問拉姆薩斯，不承認也拿他沒轍。

……而且。

迅應該不會刻意洩漏會讓自己兒子遭人警戒的事，而雷歐哈特方面，也不會公開承認貝爾費格是遭刃更——穩健派的決鬥人選所殺。將真相葬送在黑暗裡，也有益於穩健派與現任魔王派，從和平共處順利往軍事同盟邁進。貝爾費格之死的真相，不僅對刃更而言——就連對穩健派或現任魔王派，都是個棘手的事實。

除非，有人跳出來指證刃更就是凶手，不過唯一知道實情的瀧川應該不會那麼做。供出刃更，自己的共犯角色也很容易曝光。

「別擔心……會談上根本沒提到貝爾費格，我也沒傻到會自己說溜嘴。」

瀧川說到這裡，忽然一臉厭煩。

「只是——那場決鬥之後，我被雷歐哈特的姊姊盯上了，沒事就死皮賴臉地纏著我，要我說說你的事和我們的關係。」

「————」

瀧川的話，讓刃更抽了一小口氣。

雷歐哈特的姊姊，殲滅除貝爾費格外所有樞機院成員後，曾和刃更——在成為命案現場的房間裡見過一次面。事後刃更才知道她的身分，以及她名叫莉雅菈。

的確——若是她追溯出貝爾費格之死的真相，一點也不奇怪。這也能夠解釋，為何前來會談的雷歐哈特，會做出疑似認為刃更就是真凶的舉動。真正令人不解的是——

「話說——她是什麼人啊？」

她在經過一場大屠殺的那個房間內與迅對峙時，居然散發出不亞於魔神凱歐斯的驚人氣場。

那已經——遠遠超乎「不是泛泛之輩」的層次。

「天曉得，我也不是很清楚……莉雅菈殿下是什麼時候『變成那樣』的。聽說她是因為外表問題，不能明著繼承公爵家，所以公爵領養了原本是孤兒的雷歐哈特，要他成為繼承人。另外——」

瀧川又說：

「公爵夫婦為了不讓人查出雷歐哈特沒有公爵血統，還自己輸了一大堆血給他。會在那麼多孤兒中挑中雷歐哈特，好像就是因為事先調查過他輸血以後不會產生排斥的緣故。雖然那完全是自私到極點的貴族作風，不過雷歐哈特親口告訴我這些事的時候，其實還滿高興的……說什麼『這樣就和姊姊真正成為一家人了』。」

接著——

「而莉雅莅自己也非常寵愛雷歐哈特……當她放出宰光樞機院那群老頭的凶猛氣場，問我『你知不知道殺死貝爾費格的是哪個小朋友』的時候，我還以為我死定了咧。」

「那麼……你怎麼回答她啊，瀧川？」

「那還用說嗎……當然是全力唬弄貝爾費格那邊的事，把你的事和我們什麼關係能講的全都招了。就說你是迅．東城的兒子，能用特殊的消除技能，我們一起吃過燒肉，聯手收拾掉佐基爾什麼的。」

「？這樣她就接受了？這點程度的資料，現任魔王派不是都知道了嗎？」

「是啊。我也以為她早就從雷歐哈特那邊全聽說了……結果不知道為什麼，她聽得還滿高興的。只是——」

瀧川語氣一改。

「她說如果早知道有你這種人在，就自己也上場決鬥了，嚇得我心裡涼了半截。」

「……我也是。幸好她沒上，真是謝天謝地。」

假如莉雅莅也加入決鬥，刃更實在不認為現在的自己有任何勝算。無論在多麼有利的狀況下，擊出當時對雷歐哈特奏效的重力斬，也完全想像不了莉雅莅因此戰敗的畫面。

當刃更感到自己撿回一條命時——

第②章
蘿莉色夢魔想買房？

「所以啦，我想先暫時遠離現任魔王派避避風頭，就推掉雷歐哈特的邀請，結果他要我來監視小刃你們……而我當然是抓住這個大好機會，馬上就溜到這裡來了。」

瀧川百般煩悶地這麼說，並從店員手中接過自己的美式咖啡。

「這樣啊……不好意思，瀧川。給你添麻煩了。」

刃更也苦笑著接下自己和澪等四人份的咖啡，帶著瀧川前往她們先占下的位置。

瀧川八尋跟著刃更，來到澪幾個所等候的桌邊。

刃更將飲料交給大家，她們跟著向刃更道謝，接下咖啡杯。

當瀧川和刃更並排地在她們對面坐下——

「所以——拉斯，你怎麼會在這裡？」

潔絲特忽然投出冰冷目光，質問拉斯。

於是拉斯懶洋洋地說：

「我剛才已經和小刃解釋過一次了……同樣的話我不想講第二遍，妳們晚點再自己問他吧。」

刃更也比較想自行斟酌和澪她們說多少吧。

「……難道有什麼不方便直接告訴我們的祕密嗎？」

瀧川被澪瞇眼一瞪，便無奈地聳聳肩，語帶挑撥地說：

「喂喂喂……妳們該不會是沒辦法接受讓小刃轉告妳們吧？結了主從契約的屬下，居然不相信主人說的話？我也真是開了眼界。」

「——別這樣，瀧川。」

但隨即遭到刃更的制止。這多半是因為，假如那讓澪認為自己的發言對主人不敬，就會發動催淫詛咒的緣故。不過——

「很可惜……我這麼說並不是因為不信任刃更，完全是擔心他。」

「是喔……那真是失敬失敬。」

見到澪不慌不忙地微笑回答，瀧川也莞爾一笑。

……原來如此。

看來她的臉皮往好的方向厚了不少，想法和心態都比過去堅強多了，總算沒讓人白費唇舌。從她原本個性彆扭，沒事就遭到主從契約的詛咒擺布而在學校癱倒來看，已有極大的進步。

「不過呢……女生適度地給予關心，是滿可愛的沒錯；至於什麼都想知道的貪心鬼，對男性來說只是種沉重的負擔喔？」

「你——……！」

澪頓時被瀧川氣得臉紅脖子粗，潔絲特也面露不悅。

見狀，瀧川歪起嘴笑著說：

「如果又曲解了『擔心』的意義，開始把它當作束縛對方的免罪牌，那就完蛋了……所以勸妳們最好不要太煩小刃，否則哪天他受不了把妳們全甩了，可就得不償失囉。」

「…………………………」

瀧川的忠告讓澪和潔絲特終於無言以對，一臉不甘地沉默不語。

……嗯？

這時瀧川發現，坐在邊緣的萬理亞從一開始就沒說過一句話。他們兩人，曾在倫德瓦爾舉行的兩派決鬥中一較高下，而瀧川戰勝了萬理亞。還以為她不說話，是由於想起了當時的氣惱，或者對刃更等同伴的歉疚；但從眼前的萬理亞身上，卻感受不到任何敵意。

於是，瀧川好奇地問起他們之前在做些什麼，刃更便代替心情惡劣的澪幾個說出事情經過。

「嗯……找房子啊。」

聽了刃更的說明，瀧川哼著鼻說：

「而且為了一人一間房，需要找六房兩廳以上格局的獨棟房屋是吧……才十六歲就被五個女孩子包圍的人果然不一樣。」

「哎呦，又不是我要那麼多房間的……」

「話說，這種條件的房子應該不是那麼難找吧……除非你們還有其他誇張的條件，例如大家可以一起洗澡的超級大浴室之類的。」

瀧川一對苦著臉的刃更這麼說——

「！——」

萬理亞的肩膀就跳了一下。

「…………………………………………」

刃更和澪也一副尷尬到不行的樣子，一聲也不敢吭。

這可讓瀧川頭都暈了。

「喂喂喂，你們玩得也太凶了吧，節制點好不好……要是縱慾過度，小心刃更的蛋蛋哪天不見給妳們看喔？」

「你、你不要亂說喔——……！」

羞紅了臉的澪急得大聲反駁，而刃更輕輕地喊了聲她的名字制止她，又對瀧川現出滿面苦笑。

「謝謝你關心到這裡來，我會盡量不讓那種事發生的。」

刃更的表情和動作，和佐基爾或貝爾費格等將女人視為自身財產的人，對待女性時的無謂態度並不一樣，能窺見某種平靜的覺悟。由此可看出他將肩負她們的人生和彼此的關係，繼續走下去。

……果然和女人有關啊。

為了繼續保持暗中合作的關係，以便未來有個萬一時能夠隨時處於有利位置，最好是多賣刃更一點人情。

自己和刃更的關係，並不是友情那麼簡單，而是踏錯一步就會使雙方立場岌岌可危，來自於共犯關係的信賴。

——未來，瀧川和刃更必定會繼續瞞著所有人，共享不得讓第三者知道的祕密。那與締結主從關係的澪她們不同，單純是共擔所犯之罪的命運共同體。

於是，瀧川八尋也同樣地苦笑。

對刃更——這名與他互為共犯的少年說：

「既然這樣——我這個不得不請你們多多關照的人呢，就送你們一個小禮物吧。管了那麼多閒事之後，我再告訴你們一個解決新家問題的好方法。」

8

出了咖啡廳，和瀧川告別後——刃更幾個來到另一間店。

那是個位在車站前，有眾多樣品房間可供參考的室內裝修公司。

——瀧川所提供的方法，是擴建現有的東城家。

東城家是租賃屋，一般是不能改建；但只要運用潔絲特所擅長的土系魔法，就能祕密地改造地下結構，闢出地下室。如此便能輕鬆解決房間不夠的問題，也不必花費額外錢財。

問潔絲特能不能辦到，她也表示能夠自由挖鑿混凝土，甚至加工成豪華大理石，要製造宜人居住的地面牆面都不是問題。既然能這麼做，內壁部分只要到建材行買些木材壁紙，自己鋪鋪貼貼就行。水管是金屬材質，即由礦物所製，自然也在潔絲特的掌控範圍之內。

如此一來，就不必搬離現在這許多回憶的家，還能親手打造近乎自己理想的房間；而且從外頭看不見任何變化，幾乎不可能鬧出糾紛。

即使有朝一日需要搬家，只要將地下室復原，應該就不必擔心造成房東的困擾。對現在的刃更幾個而言，瀧川的建議可說是最佳方案。

因此，為了回家後向柚希和胡桃談這件事，再一起討論大家想蓋怎樣的地下室，便決定先到裝修店蒐集資料。

潔絲特雖是土系魔法專家，但絕不是建築設計專家。

刃更幾個也認為，與其看著徒有表面的網路資訊瞎討論，不如拿點裝修店的專業文宣小冊子等資料，能夠談得更有具體畫面。

向店員索取擴建地下室的相關資料後，刃更幾個也趁這個難得的機會，在店裡逛上一逛。店裡到處是宣告著「藉由改裝，你也能得到理想的生活風格」的住宅設備，二樓還有廣大的展示空間，陳設著琳琅滿目的樣品房間和類似大型家具店的室內裝潢範例。只要大家願意，就能像電視上的改裝節目一樣，讓現在住的房子內外改頭換面，簡直像搬了新家。有許多人攜家帶眷地在這裡參觀，還有不少年輕男女，年齡層相當廣。

「哇……好棒喔。」

女孩子好像大多都很喜歡這類場所，各式各樣的廚衛設備，看得澪雙眼閃閃發光，彷彿在想像自己實際使用它們時的模樣。另一方面，潔絲特很高興自己能負起擴建地下室的重任，開始認真地看起剛拿到的資料。

微笑著看著她們的刃更忽然察覺——

「……萬理亞？」

一起進了店裡的小夢魔不在身旁。

轉了一圈，發現她人不在刃更幾個所在的盥洗臺區，而是稍遠處，占據了整片西側牆面和部分西南角，呈大L字形的住宅式系統衛浴區。

……對了，浴室那邊都還沒想過。

多虧了瀧川的建議，房間數量的問題總算是解決了；不過萬理亞期盼的浴室——尤其是能同時容納所有人的大浴缸，都還沒有著落。

但話說回來——近年的浴室開始具備二度燒水或換氣乾衣等功能。像這類機械的領域，就不包含在潔絲特的土系魔法之內了。

而且計畫已經朝不搬家，暗中擴建地下室的方向進行，浴室的部分，基本上只能維持現狀。既然房子是租來的，遲早有一天要還給房東……所以不能改變這房子的本身構造。

當然，能否動工，還得和房東談過才知道。

「——萬理亞？」

刃更喊一聲小夢魔的名字，往她走去。

「………………」

萬理亞渴望地注視的，是某知名高級品牌的展示品。在各大型遊樂場、休閒勝地或高級飯店等地點，都能見到他們的產品。

那是個簡直像好萊塢電影中的貴婦，辦派對時會開放給賓客同樂的巨大浴缸，還具有噴射水流功能。就日本平均住宅面積而言，會在家裡裝這種怪物的人少之又少。

第 2 章
蘿莉色夢魔想買房？

從店家刻意放了水來看，多半是不奢望有人購買，單純擺在店裡當噱頭嚇嚇客人，製造話題用的吧。

除了刃更和萬理亞之外，還有好幾個客人停在這個展示品周圍參觀。儘管為了節電而沒開噴射水流，浴缸本身就夠震撼的了。

「這也太厲害了吧……」

為其壓倒性的尺寸驚訝的同時，刃更看了看萬理亞身旁立架上的規格表，見到有近五十個噴射口又嚇了一跳；但最重要的——

……適合人數六～七人啊……我懂了。

那正好符合萬理亞的期望。於是刃更問：

「——妳想要這個啊？」

「…………………」

小夢魔默默地點了頭。

成瀨萬理亞，知道自己的要求超乎常理。

刃更和澪都盡量不想碰穩健派給予的報酬，萬理亞自己想要的浴缸，卻是價格等於四輛全新小轎車的奢侈品。而且尺寸上，每邊長將近兩公尺半，裝在東城家浴室勢必得打牆擴建，又得多花一筆不小的開銷。

……而且。

東城家是租賃屋，若只是在不改變現有浴室範圍的情況下置換浴缸，還有可能讓房東點頭；但扯到擴建浴室，機會就微乎其微了。畢竟與其相鄰的其他房間，都會受到工程影響。

所以——這是不可能的事。對於幾乎死心的萬理亞——

「——那就買吧。」

刃更竟乾脆地這麼說。

「咦——……？」

萬理亞忍不住抬頭看身旁的刃更。

「怎麼啦？妳不想要嗎？」

見到萬理亞一臉疑惑，刃更也不解地問。

「不、不是……我當然很想要。」

可是——

「這麼大的浴缸，我們家實在裝不下……」

「現在的浴室是裝不下沒錯啦，不過只要讓潔絲特蓋地下室的時候，在構造上多處理一下，這種事應該不是問題吧。」

「啊——……」

這麼說來，的確是如此。

「再說——」刃更對想都沒想過這一點的萬理亞說：

「就像我們一、二樓都有廁所一樣，沒人規定整個家裡只能有一間浴室吧……有兩間浴室的二世代住宅，現在已經很常見了，而且我們人數也相當嘛。考慮到能夠減少等浴室的時間，多蓋一間浴室其實真的還不錯。」

「可、可是……錢的問題……」

萬理亞的表情又沉了下來。

「就算潔絲特能幫忙蓋地下室，我們也不能直接住進去呀。除了裝潢之外，還要另外買她的床具和家具，怎麼樣都得花錢……儘管不太好意思，但也只能動用穩健派給我們的獎金了。」

刃更解釋道：

「雖然我這還有老爸存的錢能用，不過現在狀況跟我們決定和妳跟澪同居時不同，潔絲特是我自己要帶過來的。老爸同意讓她和我一起住，並不表示我能隨便把老爸的錢花在她身上。」

「可是……你不是盡量不想動那筆錢嗎？」

萬理亞這麼問後——

「單純只想揮霍一下，或亂花錢亂買其實不怎麼想要的東西當然不好，可是這個浴缸不是妳非常非常想要的東西嗎？除非有人無論如何都不要這種浴缸，到時候就需要再討論……但至少我自己是不反對。」

刃更將澪跟潔絲特都叫過來，將自己的話重複一次。

「——就是這樣，妳們怎麼說？」

原以為澪和潔絲特一定不會允許萬理亞的誇張要求，想不到——

「——既然萬理亞想要，刃更主人又同意，那當然是非買不可。」

潔絲特立刻表示強烈贊成。

「潔絲特姊……」

並且對訝異的萬理亞平和地微笑。

「請放心……我想，柚希小姐和胡桃小姐也不會反對的。」

「——澪，妳說呢？」

「…………」

澪沒有立刻回答刃更，沉默了一會兒。

「澪……澪大人……？」

萬理亞以為這沉默是來自憤怒，忐忑不安地窺視澪的臉色。

「以浴缸來說，這是很貴沒錯，一般人家裡也不會有這種東西……可是大家都贊成，我也沒有反對的必要。而且老實說，多一間浴室也滿方便的。」

澪嘆口氣，苦笑著說：

「再說……既然萬理亞這麼想要這個，怎麼可以不買呢。到現在，為這個家做過最多事的，就是萬理亞嘛。」

「澪大人……」

語氣溫柔的澪，讓萬理亞不知該說什麼才好。這時——

「——看吧，就說沒問題嘛。」

刃更手一把按上萬理亞的肩。

「真的可以嗎……這樣很浪費錢耶……」

萬理亞又不敢相信地問。

「這又不是妳一個人的東西，我們每個人都可以用呀。」

刃更補聲「而且」，笑著說：

「只要妳會開心——就不算浪費錢。」

刃更對萬理亞的微笑，隨即換成了驚訝。

因為那年少的夢魔忽然哭了起來。

「！怎麼啦，萬理亞？」

突來的淚水，讓刃更錯愕地問。

「因為……」

萬理亞眼淚大顆小顆撲簌簌地說：

「我一直都是負責做家事和照顧大家的需要，才能夠和大家在一起……可是現在煮飯打掃洗衣全都是潔絲特姊來做，連房間不夠的問題也靠她擴建地下室來解決……」

所以——

「我好怕……如果大家愈來愈喜歡找潔絲特姊幫忙，說不定以後會覺得我一點用也沒有……」

聽了萬理亞嗚咽地這麼說——

「…………………」「…………………」

刃更與澪面面相覷，不禁苦笑。

第2章
蘿莉色夢魔想買房？

「哎喲……妳真的是喔。」

刃更嘆息著將手按上萬理亞的頭，澪也微笑起來——

「就是啊，真是個傻孩子……」

輕輕擁抱萬理亞嬌小的身體。

「！澪大人……」

泣不成聲的萬理亞也緊抓在澪身上。

刃更溫柔地撫摸她的小腦袋說：

「不要一直當自己是澪的護衛，以為自己是能幫那些忙才能跟我們在一起嘛……那種時候早就過去了，我們不是特地跑到魔界去，把那方面的問題都姑且做個了斷了嗎？」

所以——

「我們以後啊，可不是因為任務啊責任什麼的才和妳在一起喔，單純是因為我們想要那樣而已。」

而且——

「潔絲特那麼努力做家事，也不是想搶走妳的地位呀——只是因為不做那些事，會讓她覺得有所虧欠，坐立難安而已。」

這是今早，刃更問潔絲特為何那麼做而得到的答案。

「是吧？」刃更對潔絲特苦笑著問，潔絲特跟著垂下雙眼。

「是……畢竟我在刃更主人周遭所有人中輩份最低。」

「哎喲，不要這樣想嘛……我不是說過好幾次了嗎。」

其實她和萬理亞一樣，都害怕自己沒有用處就不能再待在東城家。

當刃更再一次叮嚀她時——

「非常抱歉，刃更主人……——嗯嗚！」

潔絲特話才剛出口，身體就猛然一抖。

接著軟綿綿地不支倒下。

「——呃！」

刃更急忙摟腰扶住她。

側眼一看，她的脖子已浮現清晰的項圈狀斑紋。

「拜、拜託……不會吧？」

錯愕地這麼說的，是深知斑紋含意的澪。

「對、對不起……我又、引發詛咒了……」

潔絲特無力地倚附在刃更身上，滿懷歉意地這麼說，雙眼已泛起淚光。

……真傷腦筋。

這是潔絲特的壞習慣。個性過於老實的她，在締結主從契約時，和擔憂胡桃與自己的關係而造訪刃更的房間時，都曾因怪罪自己而引發詛咒。

然而現在指責她這點，只會加深潔絲特對刃更的愧疚，增強催淫詛咒的效果。於是——

「潔絲特，我們以後就是一家人……所以我真的希望妳能改變這個容易責備自己的習慣。不用急，慢慢來就好。」

刃更柔聲勸說潔絲特後，又問：

「萬理亞，我想幫潔絲特解脫……可以幫我嗎？」

「咦……？」

萬理亞在澪懷中目瞪口呆。

「——像這種時候，最可靠的不就是妳嗎？」

一聽刃更這麼說——

「————……！」

萬理亞驚訝地睜圓眼睛，以手背擦去堆在雙眼的淚水。

「沒錯！包在我身上吧，刃更哥！」

雖然還紅著眼，萬理亞仍以滿面笑容向刃更點頭。

9

「……——那我要設下結界囉。」

成瀨澪這麼說之後，在店內張設結界。

在詛咒發動的狀況下，不方便將潔絲特移到其他地方，只能當場替她處理。使用驅人魔法，是能夠避開其他客人的耳目；但所有行為，一樣會被監視器全部錄下來。

——於是澪決定張設結界，以免鬧出問題。

結界的種類，和過去在城市中和勇者一族對戰時相同，是錯開空間並複製情境的——複製空間型。當時是以早瀨高志所持用的靈槍「白虎」為媒介，一口氣複製了方圓數公里的範圍，現在只憑澪一個人，當然是達不到那種程度；不過她的力量已經比當時成長不少，能易如反掌地複製整個樓層。設下結界的瞬間，周圍客人忽然消失——正確說來，是只有澪四個被納入結界之中。準備妥當後——

「謝謝澪大人……那麼，我們就開始吧。」

使潔絲特向刃更屈服的行為，就這麼在萬理亞的主導下開始了。

刃更雖能獨力屈服潔絲特，但這次澪也加入了他們——當然，這是由於萬理亞的指示。

第②章
蘿莉色夢魔想買房？

……真拿她沒辦法。

若不幫忙，就像不認同潔絲特是這個家的一份子；默默看著刃更和她親熱，感覺也不太舒服。就算眼不見為淨，暫時到其他地方迴避，自己還是會在意刃更對潔絲特做了什麼，胡思亂想得自己不好受吧。

以如此理由說服自己加入這場淫行後——

「——既然有這麼棒的浴缸，就好好利用它吧。」

萬理亞理所當然地這麼說，開始催促澪幾個脫衣。

「…………………」

看著萬理亞親身帶頭似的樂呵呵地一件一件脫，讓澪即使羞紅了臉，也跟著小夢魔輕解羅衫。

解開胸罩釦，全身只剩內褲一條後，因詛咒而四肢無力，連衣服都沒法脫的潔絲特讓澪看不下去，於是——

「……不要勉強，我幫妳脫。」

「！……好的，麻煩您了……澪大人……」

被詛咒催得兩眼濕濡的潔絲特，老實地接受了澪的好意。脫下她的連身長毛衣，便立刻見到她豐滿雙乳的尖端已脹得又肥又腫，女性蜜液也沾得下身內褲濕黏一片，從股間娟流而下，流布整片大腿內側。

盡現眼前的女性反應，使澪不禁倒抽一口氣。

「呵呵，潔絲特姊真的很敏感耶……」

比誰都先脫到只剩內褲的萬理亞已恢復平時的好精神，不知從哪冒出來的攝影機正閃著錄影燈。

「啊……啊啊……！」

知道自己的淫相暴露在他人眼前，羞得潔絲特雙頰殷紅，大腿蹭來蹭去。

羞成這樣的潔絲特是那麼地可愛，讓澪加把勁地替她解開胸罩的束縛。

「來吧，潔絲特……我們一起幫刃更。」

並邀她合力替刃更脫衣，潔絲特也忍著詛咒之苦點了頭。

「！……好的……刃更主人，得罪了……」

「——嗯，麻煩了。」

得到刃更允許後，澪和潔絲特便開始動手。

脫去襯衫與當汗衫穿的T恤，千錘百鍊的精壯胸膛隨之顯露——解開腰帶脫下長褲，則見到刃更的陽物已亢奮得高高撐起黑色平口內褲，整個形狀看得一清二楚。

「！…………我脫囉。」

澪咕嚕一聲嚥下口水，和潔絲特一起伸手時——

「我說兩位——可以的話，請盡量不要用手，我想拍用嘴脫的畫面。」

萬理亞下了這樣的指示。

「只用嘴？那根本就是……」

做那麼下流的事，簡直和真正的性奴沒兩樣。假如引起刃更的反感，那可就慘了。

……不對，不會有那種事……刃更他……

無論澪幾個變得多麼淫蕩，刃更一定都會敞開他的懷抱。

——過去不也曾和柚希扮成母狗，歡迎刃更回家嗎。

當時兩人還穿著性感內衣褲，一起舔刃更的腳呢。

現在——澪與刃更的關係，可比那時候深得多了。

……而且。

澪側眼窺視自己身旁，只見——

「……好，我知道了。」

眼神迷濛的潔絲特，乖乖地聽從了萬理亞的要求。

潔絲特與刃更締結主從契約，成為他的侍女後，誓言對他絕對服從。然而澪不比潔絲特和柚希，難以坦率順從慾望，在決戰現任魔王派之前，對刃更的屈服度甚至落後於她們。

——直到現在，我還是覺得做那麼色的事很害羞。

可是，對刃更的心意絕不會輸給任何人——這就是成瀨澪的真心。

結果我，卻不夠相信他……一這麼想，對刃更的罪惡感便油然而生。

「呀！……啊啊啊啊啊啊啊啊——！」

這次換澪引發主從契約的詛咒，陷入催淫狀態。

「啊！……澪？」

刃更見到澪忽然倒在他右腿上，嚇得呼喊她。

「哎呀呀，看來澪大人想太多了呢……」

萬理亞笑嘻嘻地說：

「這樣不行喔……怎麼可以依賴刃更哥會幫您處理，就隨隨便便引發詛咒呢。我就來個機會教育吧，如果想要刃更哥的疼愛，當然要付出代價——得先好好地服務人家。一定要記住喔。」

「！…………嗯。」

在氾濫全身的催淫媚熱之中，澪用力點了頭。

——其實，澪很希望刃更能立刻在她身上恣意肆虐。

胸口底下炙熱的酸楚讓人神智渙散，內褲裡也和潔絲特一樣濕軟黏糊。然而自己發動的詛咒，卻要刃更收拾殘局，幫自己解脫，不就和萬理亞說的一樣，單純是倚賴刃更而已。

於是——成瀨澪決定成為東城刃更的奴隸。

「刃更主人，請恕我無禮……」

這時，潔絲特的嘴已漸漸湊向刃更內褲褲頭。

……我的工作，是幫刃更替潔絲特解脫……

澪不許自己屈居人後，所以——

「哥哥……」

彷彿理所當然般，也將自己的嘴移往刃更腰際。

兩人一左一右地將上唇滑進刃更的褲頭——鬆緊帶內側勾了一會兒，總算成功咬住鬆緊帶部分，接著慢慢地向下拖。

這比想像中困難多了——由於刃更的陽物早已勃起，無論怎麼拖都會勾住內褲；若想用力硬扯，澪和潔絲特的嘴在催淫狀態下使不上力，咬不住內褲。

——儘管如此，澪和潔絲特終究沒有使用嘴以外的部分。

一個人辦不到的事，兩人合作就能成功。

她們配合彼此，一點一點地拉下刃更的內褲。當內褲終於滑到腳踝，刃更也接連抽出左右腳。

……啊啊……

總算成功堅持到最後了……心中充滿成就感而不禁發顫的澪，和潔絲特一起抬頭。

看見真理——就聳立在眼前。

「…………」

垂眼俯視她們的刃更，與他那尺寸難以置信、反翹高挺的剛柱散發著無與倫比的存在感——再一次告訴跪坐仰望的澪和潔絲特，誰是她們的主人。

「——幹得不錯。」

刃更身為主人，也誠心接受了她們努力用嘴脫內褲的心意——摸摸她們的頭作為獎勵。

這瞬間——

「————……！」

癱坐在裝修店地板的澪和潔絲特，腰開始不自禁地猛烈顫動。

同時——兩人胯下似乎有些東西彈上地面，傳出細小的「啪嗒」聲。

……咦……？

不禁茫然的兩人，胯下有灘小水漬漸漸滲開。不……沾濕地面的不是水，是別種溫熱液體。

光是被刃更摸頭，澪和潔絲特就輕微高潮，噴射女性的分泌液。

剛才的聲音，就是兩人的愛液激射而出，穿透濕透的內褲噴擊地面所造成——在腦袋理解這個事實之前，澪和潔絲特的理性已不知飛到哪裡去了。

一回神，澪發現自己在不覺之中爬進裝了水的巨大浴缸展示品，和潔絲特一前一後地夾著刃更。

「啊啊嗯……哥哥……啾噗、哥哥……嗯啾♥」

貼在刃更前胸的澪，被他的左手五指分張抓在臀上，右手強橫地揉著胸。即使快感使澪無法停止扭動，她仍以雙手環抱刃更的頸子，忘情地纏舌激吻。

刃更背後的潔絲特——

「刃更主人……嗯！舒服嗎，刃更主人……♥」

則是將偌大的乳房擠在刃更背上，兩隻手繞到他胯前套弄他的陽物，不斷發出咕啾咕啾的猥褻聲響。

不久——

「！——……啊！」

就在刃更呻吟般不禁輕叫出聲的同時，一團溫熱的液體猛然噴在澪的胸下至腹部之間。那沾黏在她身上的黏稠液體不是別的，就是刃更射的精。白濁黏液慢慢往下滑動，搔弄著她的小玉臍。

澪並沒有在那淺薄的快感中沉浸太久，很快就投向侍奉刃更的幸福。

「嗯……現在換我幫你弄囉♥」

澪鬆開與刃更熱吻的唇，一條紅舌貼著他的身體一路下滑——直接將那金槍不倒的剛柱送入唇間，理所當然地向下吞吸，開始口交。

也許是射精餘興不止，澪將嘴張到極限，深含刃更的陽物時，能感到它在舌頭上愉悅地陣陣跳動。

……刃更好舒服的樣子……

澪以舌尖來回撥弄粗筋，並抬起眼，希望刃更在享受口交之中，也能注視她的眼、撫摸她的頭。然而——

「刃更主人……啾、嗯呼……咕啾、哈啊……呼啊啊啊♥」

潔絲特已用她的唇堵住刃更空著的嘴，刃更也左手搓揉她的胸、右手抓扯她的臀，沒多餘的手能摸澪的頭。

跟妳拚了……見狀，澪也動起真格，賣力吸吮刃更的陽物，企圖博回注意。

她在口中堆滿濃稠唾液作為潤滑劑，吸得雙頰窄縮倒退又猛一往前，如此反覆地大幅擺頭，將那東西深深擠入喉嚨。啾噗、啾噗，在刻意吸出聲響的澪，以口部服務強調自己的存在後不久，刃更的腰突然開始不規則地抽動起來，嘴裡的東西也漸漸加粗加硬。

澪知道那是男性高潮的前兆。於是澪也做好準備，等著刃更在她口中迸射——

「——澪大人，不可以只顧自己爽喔？」

就在這時，一直在旁邊拍攝她口交畫面的萬理亞如此勸阻，澪也轉動迷茫的眼睛，含著刃更的陽物看向她。

「我知道您愛刃更哥愛得不得了……可是您和潔絲特姊都是他的淫蕩小僕人，有福怎麼可以不和她同享呢？」

聽了這番告誡——

……和潔絲特，一起——

澪開始以她遭快感侵犯的意識，反芻萬理亞的話，並朦朧地想起——這場淫行原先目的是替潔絲特解脫，不過自己也半途引發主從契約的詛咒，模糊了焦點。既然自己是來幫忙的……那自己的工作，就是協助刃更處理潔絲特。

那才是現在的澪該「服侍」刃更的事。

尤其——個性老實的潔絲特由於曾是佐基爾的手下，容易對澪感到虧欠。既然兩人都是與刃更締結主從契約的同伴，做姊姊的自然有義務幫助潔絲特這個小妹紓困。

「…………………」

因此，澪慢慢吐出刃更的陽物，即使催淫效果依然強烈，也秉持著理性對萬理亞問：

「——萬理亞，有什麼方式能和潔絲特一起做的嗎？」

「這您不必擔心——我當然會將您也能參加的方法仔細講清楚。」

隨後，小夢魔便將「正確答案」告訴了澪。

——那低喃於耳畔的蜜語，簡直是惡魔的耳語。

而現在的澪，將忠實地執行萬理亞的提議。於是——

「……哥哥，讓我幫你給潔絲特解脫。」

近似央求地這麼說之後，成瀨澪將萬理亞告訴她的話說出口。

「把哥哥的那個——插到潔絲特的內褲裡好不好？」

萬理亞告訴澪的方法，正好就是現任魔王派倫德瓦爾城客館中，澪和刃更趁夜深人靜，在浴室偷偷加深關係時做過的事。其實，那原本是澪想一個人獨占的優勢。

……可是。

現在，澪也想和潔絲特分享，當時只有她一個接觸的幸福境地……只有這麼做，才能讓潔絲特真正地和她站上對等立場。

聽了澪懷藏這般心意的提議，刃更只以一個動作答覆。

「……啊……」

他的嘴仍然吻著潔絲特——不過放開了揉她屁股的左手，輕撫澪的頭。

我得到了刃更的誇獎——我讓刃更高興了。

這事實讓澪開心得發抖，以左手環抱潔絲特的臀，將食指和中指從斜下勾進她的內褲。

剎那間——

「——————♥」

與刃更熱吻的同時，潔絲特的腰不禁抖了一下。她濕透的內褲裡，甚至比浴缸的水還要熱上許多——澪以兩隻指頭將那樣的內褲拉出一條縫後，就以右手輕握刃更的陽物，導向通往潔絲特內褲底下的入口。

「——插吧，哥哥。」

就在澪這麼說，且刃更向前挺腰的同時——

「啊！……哈啊……呼啊啊啊啊啊啊啊啊啊啊♥」

刃更的大剛柱，就在澪眼前滋噗滋噗地漸漸擠進潔絲特的內褲。澪接下來的工作，就是將這來自斜下的入侵——軌道，修正至不至於誤入潔絲特，又能給予她最大快感的位置。

於是，她以雙手推移兩人的腰位，幫助他們的黏膜在內褲下互相摩擦，並讓他們在浴缸邊緣，以對面座位般胯下相接的面對面姿勢坐下。

「注意角度……就是這樣，給潔絲特舒服一下吧。」

聽澪這麼說之後，刃更的剛柱便開始活塞運動。

而且，還是咬著潔絲特最脆弱的耳朵。結果——

「！～～～～～～啊啊啊啊——♥」

在耳朵被咬、女性最敏感部位的黏膜入口也遭到使勁摩擦的情況下，潔絲特豈有不在刃更腿上甩腰晃臀、劇烈高潮的道理。

而即使在這樣的時候——澪也沒有閒著。

由於潔絲特穿的是低腰內褲，刃更每一挺腰，他巨物的頂端到中段都會頂出褲頭；抽回時，又會將內褲一點點地往下勾。

於是澪移到潔絲特背後，將右手探進刃更插入的位置……潔絲特的內褲襠口。

澪就這麼在潔絲特內褲底下套弄刃更的陽物，並將手慢慢移動到幾乎離開褲頭鬆緊帶的位置——在刃更所能插入的最深處，以手製造一個擬似自慰套的空間，讓他確實地感受抽插的快樂。

這也是萬理亞的主意。在這狀態下——當刃更的腰每次擺動，都會讓潔絲特輕易地接連高潮。這樣的反應似乎讓刃更備感亢奮，他的陽物又再大上一輪似的在澪手中膨脹起來。

「沒關係喔，潔絲特——一起幸福吧。」

第②章
蘿莉色夢魔想買房？

接著，澪配合刃更高潮的時機，和刃更一右一左地——輕咬潔絲特的耳朵。

霎時間——

「！————～～～～～～～～～～～♥」

潔絲特徹徹底底地高潮了——在刃更與澪的懷抱裡。

在刃更與澪給予的無數次高潮中——

……啊啊……♥

激烈快感使潔絲特全身熱得有如火燒，能清楚感到一團舒暢的溫度逐漸填滿她心底深處。那甜得化不開的感覺，一定就是所謂的幸福。

獨享這樣的感覺，讓潔絲特覺得過意不去，便請求道：

「萬理亞，拜託妳……也教教我怎麼做。」

「沒問題……請妳盡情地回敬澪大人吧，潔絲特姊。」

小夢魔這麼說之後，一五一十地告訴她分享幸福的方法。

由於澪的弱點在胸部，刃更便跨坐在她背後，將陽物插入她內褲，潔絲特的右手也一起伸進去套弄。刃更抓著澪的臉朝向他，舌一伸就鑽進澪的嘴，雙手再繞到她胸前，毫不留情地狂揉兩隻白乳。

「澪大人……嗯啾……哈啊、啾噗……」

潔絲特也大口交互吸含澪鼓脹的乳頭，為她服務。

「呼啊啊♥哈啊……嗯啾、嗯……你們兩個，先等一下……不要那麼……啊啊啊嗯♥嗯呼……啾噗、咧嚕……哈啊……啾嚕♥」

澪也一再表現出敏感反應並不斷高潮，看得潔絲特春心激盪。

當澪的淫相讓潔絲特亢奮得再也無法自持——

「萬理亞……萬理亞，妳也來嘛……！」

便請求那年少的夢魔也加入她們分享幸福的行列。

「那有什麼問題——就讓我們四個一起樂一樂吧♪」

萬理亞將攝影機擺在浴缸邊緣，毫無戒心跨了進去；然而——不僅是剛經過重重高潮的澪，就連潔絲特也慾火暴漲——

「咦——……？」

當萬理亞發現苗頭不對而出聲時，一切都太遲了。

「唔呼，抓到囉~♥」「這次輪到妳了……」

失去理性的澪和潔絲特聯手逮住萬理亞，「報答」她教導如何分享幸福的恩情。

以她的力量來源——快感和興奮作為回禮。

「兩、兩位先別急啊……冷、冷、冷靜一點！」

在她們懷中的萬理亞突然慌得口吃連連。

「來……刃更主人，請用。」「哥哥，你也插插看萬理亞內褲裡面嘛。」

潔絲特和澪一邊這麼說，一邊將萬理亞抱到刃更的大腿上。

「……那就，一下下就好。」

刃更淺淺地苦笑後——一點也不馬虎地達成了潔絲特和澪的要求。

10

就這樣，澪三人合作無間地給萬理亞灌注各式各樣的快感。

由於他們過去總是當被她戲弄、在她面前恥態畢露的一方，終於有機會反擊，讓他們全神貫注地愛撫萬理亞，任何角落都不放過。

或許是夢魔族的緣故，萬理亞雖然體型幼小，卻比澪和潔絲特都還要敏感；即使不在催淫狀態中，也僅僅因為祕縫被刃更的陽物稍微擦過就猛烈地高潮了。

在這樣的情況下，澪從背後揉起那小夢魔小小的胸，她的乳頭隨即以驚人速度發硬，用指尖一捏、一擰——

「！……啊啊、嗯！……哈啊……不要、啊——啊啊啊啊啊啊啊啊♥」

就忘我地整個人在刃更大腿上一跳一跳地抖腰，深深陶醉的兩隻眼睛望著虛空，女性的分泌液瀑布似的流得滿腿都是。

讓如此幼嫩的萬理亞高潮，使得澪幾個感到犯罪般的興奮。

……萬理亞好可愛喔……

澪吞了吞口水。說不定讓人起這樣的反應，也是夢魔族的特性之一……潔絲特似乎也開始按捺不住，手鑽進萬理亞的內褲，揉起她小巧的屁股，而那夢魔少女也跟著淫褻地不停扭腰，一次又一次地高潮。因此——在澪幾個的激烈愛撫下，不消多少時間，就揉散了萬理亞的意識。

這樣或許有點過火……不過，澪也總是做到昏倒才罷休。所以她沒有多想，將萬理亞抱到寬闊的浴缸邊緣躺下。

——在過去，事情應該這樣就結束了。

因為澪和潔絲特已完全向刃更屈服。

但是——主從契約的詛咒不知為何仍未解除，催淫狀態也沒有消退。

不僅如此，還有種比以往更為強烈且無處宣洩的亢奮，在體內深處節節高漲。

「奇、奇怪……哥哥，人家……人家突然好熱好熱……哈啊！」

「非常抱歉……我也是、第、第一次有……這種感覺，啊啊啊！」

澪和潔絲特忽然被無法承受的肉慾攻陷，雙手捧起被刃更狂揉無數次而長大的白乳，與思念刃更無數次而短時間尺寸三級跳的褐乳，以那深邃的乳溝左右夾起刃更的剛柱。

「哈啊……啊啊！天啊……呀啊啊♥」

摩擦彼此乳暈及乳頭，同時搓蹭刃更那英挺巨物的快感，與服侍刃更所得到的滿足感，徹底瓦解了澪和潔絲特的理性，滿腦子都是刃更。

亢奮不已的刃更，雖在那之後讓她們高潮了無數次，男性的象徵也依然屹立不搖，脹得青筋暴露。

「！……啊，要射了！」

才半呻吟地這麼說，刃更的肉莖就在澪和潔絲特的乳房間用力一顫，剎那間——

「！……哥哥，呀啊啊♥」

大量精液噴泉似的向上噴出，充斥慾望的混濁白色沾滿澪和潔絲特的臉和胸。刃更的小頭在這之後也仍一吐一吐地湧出白濁汁液，在潔絲特和澪四隻乳房的交接點堆起嗆鼻的池。

「啊……啊啊……天啊，愈來愈熱了……♥」

「不、不要亂動……潔絲特，不、不要……♥」

完全無力抵抗的潔絲特，再次放蕩地上下搖晃她因快感而倍勾淫思的褐色乳房，澪也如鏡中倒影般一起跟著晃了起來。這時——

「……呵呵呵呵，這就是妳們欺人太甚的懲罰♪」

有道聲音帶著詭計得逞的笑聲這麼說。

轉頭一看，應該已經昏倒的小夢魔正兩肘頂在浴缸邊上，下巴托在抵著開掌的兩隻手上，等好戲上演似的看著他們。

「夢魔的愛液可是魔界首屈一指的春藥喔……一旦催淫效果提昇，渴望快感而導致的悶痛也會依同樣比例加強，讓詛咒變得更難解除。」

說完，萬理亞將右手伸向某個地方。

那就是啟動這浴缸某樣功能的按鈕。

……不、不會吧……！

澪見到這個動作就立刻明白萬理亞的意圖，不禁戰慄。

雖然浴缸在原來的空間中並未啟動電源，但澪張設的結界會複製原來空間的所有情境，插座自然也供著電。

因此——接下來的一切完全是必然的結果。

第②章 蘿莉色夢魔想買房？

「——要把水泡過肩膀，乖乖數到一百喲。」

萬理亞笑咪咪地這麼說的同時，開啟了浴缸噴射水流的電源。

緊接著——近五十個噴射口全噴出大量氣泡，填滿整個浴缸。

因強烈催淫狀態而全身極其敏感的澪和潔絲特，正以胸部侍奉坐在浴缸邊緣的刃更，人都在浴缸裡。

完完全全地，無處可逃。於是——

『！～～～～～～～～～～～～～～～～～～～～～～～♥』

澪在潔絲特的陪伴下，一瞬間就衝破忘我境界，被快樂的漩渦一口吞噬。

直到刻骨銘心的高潮不斷累加，才明白萬理亞要她們連肩泡進水中數的，並不是秒。

11

接下來——

一行人待澪與潔絲特恢復意識就解除結界，為這天的找屋行閉幕。

回到家，順利向柚希與胡桃取得擴建地下室的同意後，潔絲特開始上網蒐集資料，甚至到圖書館閱讀各種專門書籍，沒幾天……就在東城家闢了地下室。

——她利用了庭院下的寬廣空間，為大家帶來五間新房。

其中兩間各是萬理亞和潔絲特的房間，兩間是迅的臥房，以及保管攝影器材與資料的工作室。家裡原有的四個房間，由刃更、澪、柚希和胡桃各分一間。

至於地下室最後一間房——最大的空間，則是浴室兼主臥室。

刃更也履行了他對萬理亞的承諾，以必須小心使用為條件，從那間裝修店買了萬理亞所渴望的巨大按摩浴缸。

搬入及安裝工程，將在付款後幾天開始進行。浴缸搞定之後，還要從其他家具店買兩張雙人床擺在那裡。

好讓大家一出浴就能直接上床。

想當然耳，這也是蘿莉色夢魔強烈要求的結果。

第3章 細數只有你我的夜晚

1

一下火車，眼前便是施抹純白雪妝的街景。

踏上月台的東城刃更，感到全身都裹在早晨冷冽通透的空氣之中。

這使他就地止步，自然而然地仰望天空。

……這裡和「村落」冬天的氣氛有點像。

刃更從前居住的那個地方，如今想必也蓋滿了皚皚白雪吧。

——不過，刃更的所在地和「村落」有個明確的不同。

那就是洶湧人潮所產生的吵鬧對話和腳步聲。

這就是觀光勝地的宿命。除刃更外，還有許多觀光客在這個站下車，並一波波直接湧向剪票口。

在這樣的潮流中止步佇留，就像被人群遺落了一樣。

「——怎麼啦，東城？我們也快走吧。」

東城刃更的左手，就這麼被「她」牽起。

略顯興奮的聲音，呼出比雪更清澄的白色吐息。

她，就是將刃更邀來此地的絕美保健室老師——長谷川千里。

「——————」

不僅是擦身而過的行人，就連刃更也為這樣的長谷川看得入迷。

……好美啊。

由於這裡氣溫比都市冷上一大截，今天長谷川穿的是白色風衣，領上纏著看似相當溫暖的羊皮毛圍巾。怎麼看都很新鮮的雪國扮相，讓刃更再度感到眼前這個人，的確不是平時的長谷川。

「？我怎麼了嗎？」「啊，沒事……不好意思。我們走吧。」

刃更見到長谷川訝異地輕歪起頭，急忙低頭道歉，與她並肩走向剪票口。

今天——一月第三週的星期六，東城刃更在長谷川的邀約下造訪此地。

——刃更幾個從魔界歸返人間時，第三學期已經開學了幾天。

第3章
細數只有你我的夜晚

萬理亞或潔絲特是能以魔法操控教職員的意識竄改出席記錄，然而為了避免被勇者一族盯上，最後並沒有這麼做。

前往魔界時，刃更也帶了和迅同樣在電池裝設特殊晶片的手機，已事先向學校聯絡，表示全家在出國旅遊期間出了問題，不得不晚幾天回國。因此很幸運地，即使在開學後幾天才到校，在教師及同學間也沒有造成什麼問題。

除了一個小插曲之外——半吸血鬼橘七緒知道刃更去了魔界，得知他將晚歸時就著急不已……最後見到他好端端地出現在學校，讓心地纖柔的七緒為這場重逢高興得掉了眼淚。

另一方面，日前在站前與刃更幾個碰過面的瀧川，也在聖坂學園復學。在運動會前先行返回魔界的他和刃更幾個不同，一回來就和當初潛入時一樣迅速以魔法操控教職員的記憶，捏造寒假補課與及格的考試和作業成績，解決了晉級問題。由於瀧川做的是最低限度的記憶操控，只有一小部分教職員受影響，柚希和胡桃認為那不至於被勇者一族視為嚴重問題。

就這麼開始原來的日常生活後某一天，刃更來到保健室……拜訪長谷川。

——前往魔界前，長谷川曾告訴刃更一句只要銘記於心，便能助他旅程順遂的建言。

那就是「眼光不要太短，把想法放柔軟一點」——刃更因此不被眼前所困而看清大局，想出與雷歐哈特決鬥前夕先暗殺貝爾費格的作戰計畫，並成功執行。

於是刃更來到保健室，為長谷川幫了他大忙道謝；而長谷川告訴刃更，假如真的覺得那是一份恩情，希望能答應她一個要求。

當時她迷人地笑著說：「東城，陪我去泡溫泉吧——就我們兩個。」

在秋季舉辦的運動會之後，刃更與長谷川發展出一段不可告人的特殊關係。

那是男學生與女老師不該踏入的禁忌領域——以不得跨過底線為條件而開始的男女關係。出發至魔界前，長谷川也在學生會慶功宴結束後強邀刃更到她的公寓住所，兩人在寢室內不斷貪求對方的肉體。

聽這樣的長谷川眼泛淚光地說她整個寒假都獨守空閨，寂寞得就快受不了了，刃更當然是沒法拒絕——所以，現在才會來到這個地方。

2

過了剪票口，刃更和長谷川首先前往附設於站內的遊客中心。

不是為了問路——而是寄放行李。兩人合用一張千元鈔票換得一身輕後，長谷川勾起刃更的手就說：

「既然跑來這麼遠的地方，就不必顧慮別人的眼光了……沒關係吧？」

第3章
細數只有你我的夜晚

長谷川撒嬌似的整個人貼上刃更，香氣頓時撲鼻而來。

「沒、沒關係……那當然。」

這一帶到處是坡道，所以長谷川今天穿的是低跟毛靴，不是平時的高跟鞋。這使她視線矮了一截，在如此貼身距離看刃更時都會自然地抬起眼，殺傷力暴增數倍。

見到刃更紅著臉點頭後，長谷川笑嘻嘻地更進一步要求刃更與她十指交扣，以情人的方式牽手。接著兩人就這麼離開車站——來到站前廣場。

「老師，再來要去哪裡？」

溫泉街鬧區還要往東北搭半小時電車。當然，這一帶也有溫泉旅館，不過這裡是以歷史悠久而登錄為世界遺產的神社佛閣，與壯闊的自然美景等觀光景點聞名。刃更雖是第一次來到這片土地，對於這裡是怎樣的地方也早有耳聞。

特地中途到遊客中心寄放行李，表示這附近應該有長谷川想逛的地方。所以到公車轉運站前時，刃更才會那麼問。

「這個嘛……我希望你陪我到幾個地方逛逛，不過在那之前——」

長谷川拉著刃更的手走向車站右方——一大排土產禮品店前，笑著說：

「我們先來吃這邊的炸豆沙包吧，大家都說很好吃喔。」

仔細一看，還有張關於知名電視節目也來採訪的剪報，貼在顯眼的位置。長谷川掏出幾枚零錢向女店員買了一顆，並將那白色紙袋中冒著白煙的炸豆沙包拿到刃更面前。

「來，東城。」

「那我就不客氣囉。」

刃更向炸豆沙包伸手，想不到竟惹來長谷川一陣不願。

「笨蛋……嘴巴打開啦。」

見到她抬著眼這麼要求，刃更不禁吞吞口水。

「——還是說，你要我嘴對嘴餵你？」

刃更這才放棄掙扎，乖乖張嘴，長谷川跟著將炸豆沙包送到他嘴邊。首先感到的是濃郁香氣，結合豆漿與腐皮的麵衣所包覆的餡料香甜滋味，在一咬就嘎吱有聲的酥脆口感中隨後而至。

「好吃耶……！」

的確有被電視和雜誌採訪的價值。當刃更如此讚嘆時——

「呵呵，帶便當囉……」

長谷川邊說邊伸手，拈起沾在刃更唇角的麵衣碎屑，但沒有送進就在一旁的刃更的嘴，而是送到自己嘴邊，輕吻指尖似的吃掉。

也許是遠離學校，不怕被熟人看見的緣故，長谷川今天似乎想盡情享受情侶的氣氛。刃更察覺長谷川的意思後問：「——我也餵妳吃一口好不好？」只見她心花怒放地回答：

「那我就不客氣囉……」

並將豆沙包交到刃更手上，自己輕輕撩起右側頭髮按住後湊上嘴，故意在刃更咬過的地方咬一口，咀嚼幾次吞了下去。最後吐出舌尖，慢慢地抹過唇瓣，露出絕代笑容。

「嗯……真的很好吃。」

只是吃個豆沙包，為什麼能吃得這麼惹火？長谷川咬過的麵衣，淺淺沾上她的唇色。為這點小事害羞猶豫也不好，刃更便一臉若無其事地吃光剩餘的豆沙包。

結果——長谷川突然吻了上來。

「！——……？」

不是臉頰，是唇對唇的吻。相較於嚇得不敢動的刃更，長谷川完全無視於店員與行人的強烈注視，自顧自地與刃更熱吻。

當長谷川終於慢慢退開嘴唇——

「幹、幹麼突然這樣啊……？」

「我看你一副不覺得間接接吻有什麼的樣子，就想看看你直接接吻是不是也這麼淡定嘛。」

「……恭喜妳得到解答。」

自己是學生，長谷川是教師，一開始就處於落後立場也是無可奈何的事。雖然兩人獨處時，自己偶爾也會有掌握了主導權的時候──

……喔不。

那應該是錯覺，自己只是被長谷川玩弄於股掌之間而已。

在澪她們身上，見不到長谷川這份允許刃更在她身上任性妄為的，成熟女性的從容與魅力。因此，刃更與長谷川親熱時，想試探她的尺度究竟寬到什麼地步的衝動，以及每次發現自己愛怎麼做都行的快感，總會讓刃更興奮得血脈賁張。不過，無論拋開理性的刃更手法再怎麼粗暴，長谷川都會帶著妖媚的笑容坦然接受，並愉悅地給予相對的反應。

「──那現在，我們出發吧。」

於是，刃更點頭應和長谷川的話──前往下一個地點。

在這裡，有公車、計程車或租車等移動方式。

詢問長谷川的意見後，她選的是計程車。

「雖然最近租車都有裝導航系統，幾乎不會迷路，不過觀光區的宿命就是週末假日一定塞。」

第3章
細數只有你我的夜晚

當時間有限，計程車能在遭遇塞車時利用小路快速到達目的地；當距離目的地最近的停車場滿了，也能在稍遠處等候；此外，司機還可能提供旅遊指南上沒有的私房情報。當地計程車司機的知識和經驗，可說是攻略觀光區的最佳武器。

「只要預算允許，以計時付費的方式直接包下計程車，可以不必顧慮很多瑣事，充分享受觀光的樂趣喔。」

於是刃更也同意長谷川的選擇，坐上候在站前的計程車並表示要包到傍晚後，刃更就在長谷川的帶領下開始了觀光地巡禮。

兩人利用上午時間，觀賞此地西方的大湖，及其周邊巨瀑等自然美景。在這樣的冬天，這個海拔逾千來米的孤單湖泊上，受周圍落山風吹撫而掀起的陣陣波紋，與湖畔枝椏上的瀑布飛沫，全都凍成一座座的冰晶藝術吊燈，營造出宛如幻夢的空間。

被他們包下的計程車司機是個老邁的男性。聽了他們想去的地方，就把人載到今年冬天——而且是今天特別美麗的絕色景點。

「好漂亮喔……」

勾手依偎刃更的長谷川陶醉地呢喃，與她望向同一處的刃更也忘了寒冷，無法將視線從眼前美景移開。

「兩位客人，需要我幫你們拍張照嗎？」

中途，司機忽然有此提議。相信他長久以來，都是如此為他載來此地的情侶留下愛的回憶吧。這時，長谷川問了刃更的意思：

「……東城，我們就接受人家的好意吧？」

「當然好哇，請他拍一張吧。」

刃更已經決定在這趟旅程中，只要是自己辦得到的，無論長谷川要求什麼都要答應。見到刃更笑著點頭，長谷川也開心地拿自己的手機切到照相模式交給司機，回到刃更身邊。

「謝謝喔……東城。」

並以只有刃更聽得見的細小音量道謝。於是，刃更也回禮似的將手搭上長谷川的肩，往自己用力一摟。

「————」

長谷川嚇了一跳，錯愕地看了看刃更，接著一臉感動地將臉倚在他胸側，與他相偎——

「——好，我要拍囉。」

並一起對這麼說的司機擺出笑容。拍完照、交回原主的手機裡，映著怎麼看都只是一對戀人的刃更和長谷川。

「…………」「…………」

兩人一起看了那照片，視線不約而同地離開螢幕，在咫尺之間四目相接。照片，只會記錄鏡頭所見的事實。透過照片的客觀角度，將更加清楚地意識到自己與對方的關係。

而且這張照片中，刃更與長谷川的表情與氣氛，影響力非同小可——所以此後，兩人的互動截然不同。

「老師……坐過來。」「……好。」

在遠離原來的活動範圍，很難被熟人撞見的情況下，刃更在計程車上摟著長谷川的腰，長谷川也貼著刃更不放。司機在這方面也是經驗老到，見客人情意正濃就不再提風景或景點如何，讓他們在後座安安靜靜地享受這段時光。

來到有日本三大瀑布之稱的著名景點後，由於搭乘通往下方觀瀑台的電梯需要付費，司機便留在車上。

兩人在售票處付了入場費就往電梯廳走。週末人潮在兩座電梯前排出蜿蜒的隊伍，經過兩次往返而來的電梯，吞下正好排在他們之前的人就再無空間……次班電梯吐出離開觀瀑台的觀光客後，兩人似乎遇上了參觀斷層，電梯只載了刃更與長谷川。

因此，當電梯門在工作人員目送下關閉的那一瞬間——

「東城……——嗯、啾……」

眼泛情潮的長谷川就迫不及待地吻向刃更，刃更自己也積極攪舌。即使在管制室內，能透過監視器看得一清二楚，但他們現在可管不了那麼多。

抵達底部約只有六十秒——門外觀瀑台上，有大批觀光客。

儘管如此，刃更仍以右手勾纏長谷川的腰，左手將她風衣拉鍊解開一半且毫不猶豫探進去，一把就揉起她的胸；逗得她不停扭腰，向刃更索求更濃烈的吻。

「啊啊……東城、啾……哈啊，東城……嗯嗯♥」

於是刃更將自己的唾液往長谷川嘴裡猛送，長谷川也熱情地鼓喉，將它們全吞了下去。

若情況允許，兩人是很想繼續下去；但電梯抵達觀瀑台之際——

「——老師，快到了。」「嗯……好，晚點再來。」

兩人的唇依依不捨地分開，什麼事都沒發生過似的出了電梯。

——從觀瀑台所見的高大瀑布確實氣勢磅礡，不負日本三大瀑布的美名。

不僅是從近百公尺高度豪邁地傾瀉而下的山泉雄偉非凡，這座瀑布也和剛才的湖泊一樣，以唯有冬季才見得到的特別樣貌迎接他們。

平時在大瀑布中段，如水簾般排排流注的小瀑布們——如今已在寒冬低溫下，凍成一雙雙遨展的羽翼。

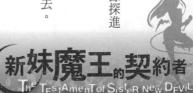

在刃更為這大自然所雕琢的華美藍冰鉅作看得出神時——

「那個……不好意思，可以幫我們拍一張嗎？」

身旁，同樣觀賞著瀑布的兩名女子開口問來。見她們手上拿著自拍棒，多半是顧慮台上

第3章 細數只有你我的夜晚

遊客擁擠，怕影響他人而自制了吧。

「那我要拍囉，笑一個——」

刃更出聲提醒後，按下顯示於液晶螢幕上的快門。

為保險起見，刃更再多拍了幾張，並請她們檢查成果後——

「哇~你好會拍喔！」「真的……好像專業攝影師喔。」

受到這兩個女生的誇獎，讓刃更紅著臉敬個小禮，回答：「謝謝……」

……真是太好了。

除了舉手之勞為其他人帶來快樂之外，從這樣的稱讚感到自己與父親迅這般職業攝影師有相同領域的才能，更是讓他欣喜不已。

——這時，有人忽然在刃更背上寫字。

即使隔著厚外套，還是感覺得出那些字是「花心」和「笨蛋」。

怎麼又在糗我……當刃更轉頭一看——

……奇怪……

想不到長谷川臉上沒有笑容，兩隻眼睛都在抗議似的死瞪著他不放。

「…………」

那對眼眸，正在高調重複聖誕夜當時，長谷川在公寓電梯裡要刃更牢牢記住的話——她也是會吃醋的人。

「────」

這讓刃更幾乎驚覺自己犯了錯，但他做不到。因為一語不發，只是抬眼瞪著他看的長谷川可愛到無以復加……使得刃更好想無視於周圍觀光客，直接抱起長谷川就吻。然而──

「啊，不好意思……如果方便的話，我們也幫你們拍一張怎麼樣？」

聽女子過意不去地這麼說，長谷川也跟著強調主權般勾起刃更的手。請她們以瀑布為背景拍張合照後，兩人再仔細欣賞這冬妝美景一陣子才搭上返回地面的電梯。回程自然是不可能獨占電梯，得和滿滿的人擠在一起。

「──老師，來這邊。」

「……………」

為了不讓其他男性碰觸長谷川，刃更將她擋在角落，她卻順勢默默地緊抱刃更。

「東城……這趟旅行期間，你只屬於我一個喔。」

「……好，對不起。」

刃更也老實地在有點鬧情緒的長谷川懷抱裡道歉。

電梯不久就抵達地面。返回計程車時已經是午餐時間，兩人請司機推薦餐廳；司機便在了解他們想吃什麼類型及下午行程後，來到當地人與觀光客都讚譽有加的蕎麥麵店。

——下午遊覽的不是大自然的鬼斧神工，而是出自工匠巧手的藝術品。登錄為世界遺產的神社佛寺。

3

刃更與長谷川所前往的地點，是登陸為世界遺產且觀光客最多的一區。

計程車雖能駛入「二社一寺」的景點範圍內，長谷川卻要求司機先往東南——繞到徒步路線的正面入口，在漆為朱紅色的重要文化財木橋前停車。交代司機等在附近，繞完一圈會再以手機聯絡他之後，兩人就慢慢地走進去。

「——————」

其實往返湖邊時，刃更在計程車上已有過類似的感覺；不過踏上這座橋後，更是能明確感到每前進一步，周圍空氣就更清澈一分。

這一帶原本就是靈力較強，稱作「神域」的土地；來到這裡，靈力又高了不少。這時，走在刃更身旁的長谷川問：

「——東城，你知道神社和佛寺的差別在哪嗎？」

「嗯，算是知道……」

勇者一族中，有不少人的力量是來自於精靈與神獸。生為勇者一族的刃更，當然在開始懂事時，就被灌注了許多最底限的必要知識。一般而言，若只想讓孩子容易分辨，只要說：「基本上，有鳥居的是神社，有墓碑的是佛寺。」即可，然而先不論對錯，這只是「視覺上」的粗略分辨法。

「因為有很多說法，我就以我學的來說好了……大致而言，神社屬於神道教，佛寺屬於佛教，神社是神明實際居住的地方。」

另外——

「佛寺雖有供奉神像，不過神明基本上並沒有住在那裡，那裡只是修佛的僧人住的地方……感覺就是這樣吧。」

那麼，在上古時代將力量分給勇者一族的神族，也住在日本各地的神社裡嗎？事情也並非如此。

當然，神社中供奉的有不少是靈體，並以御神體作為靈體憑附的媒介。然而，那完全是人類肉眼所不能見的某種觀念性物質，大多數是勇者一族只能隱約感到其存在的東西。將力量分給勇者一族的神族，與出借力量的精靈和神獸等物體，簡言之就是比那種靈體「更接近人類或動物」的東西。從前，被逐出神界的神族們，最後成了魔族。若將神族視為與他們相

第③章
細數只有你我的夜晚

對的種族，應該更容易理解何謂「接近人類」吧。

至於——神道教所崇拜的諸神中，還有許多日本神話中近似人類的人物。這是因為，當神話與宗教等靈質文化在一片土地上長久流傳後，那些深植於人們心中的靈體，將隨時間推移而廣為人們所認識，較易獲得強大靈力的緣故。勇者一族部分人士使用與神道神祇同名的武器，例如柚希的「咲耶」，也是由於這個道理。換言之，日本神話中的「木花咲耶姬」和寄宿於靈刀「咲耶」、選擇柚希為使用者的精靈，並不完全是同一人物。

不過對勇者一族而言，既然是借用神祇之名，就不是完全無關……所以如前述中提及，既然大半神社中都能多多少少感到靈體的存在，那麼就實務來說，勇者一族有需要保護這些神社，避免天災人禍的破壞，或者在對抗魔族或無賴惡魔時失手損毀它們。

而佛寺的情況也是如此。一般而言，就如同刃更對長谷川所說，佛寺是僧人居住的地方；然而它們其實幾乎都位在與地脈緊密相關的關鍵位置，和神社一樣有守護土地的功效。因此，勇者一族長久以來也一直致力於維護佛寺，防止失去那樣的地點或良好現況，導致「瘴氣」產生。

過去，與使用靈槍「白虎」的高志幾個戰鬥時——不選擇人煙稀少的山林，而是以複製站前空間的結界為戰場，就是基於相同考量。

其他國家的勇者一族也都是如此——以各自地區神話和宗教人物為藍本，塑造武器或戰鬥能力，並在對抗魔族之餘，肩負保護各地教會、寺院或遺跡的使命。

總歸來說，幾乎不離開神界的神族，在遠古時為了製造在人界對抗魔族的緩衝措施，將能夠察覺靈質物體或波動等普通人所沒有的力量，以及從這種力量發掘特殊能力的才智給了一批人，那批人就是現在的勇者一族。傳說中，曾有神族在前次大戰中出現在一小群勇者面前，但戰後再也沒有任何目擊報告。

當兩人過了橋和馬路，踏上通往世界遺產的登山步道時——

「那麼，在假設神存在的前提下……你對於祂們無論這個世界的人類或動物受了多少的苦也完全不現身幫忙，有什麼想法？」

突然，走在前頭的長谷川這麼問。刃更為了不讓下方的人看見她的裙底，一直跟在她背後走，看不見表情，難以揣測這問題是出於何種情緒。不過——

「這個嘛……這也一樣有很多種說法，可是我覺得，假如神真的存在，祂們應該也有很多事情要處理吧。再說，說不定祂們其實時常在保護我們、幫助我們，只是我們感覺不到而已。這種故事不是滿常見的嗎？好比說——」

刃更抬起頭，看著前方長谷川的背影說：

「人也會在不知不覺中幫助他人，或是被他人幫助呀。所以就算看不見……祂們也應該在某個地方守望我們，在我們不注意的時候幫助我們吧。」

第3章 細數只有你我的夜晚

如同勇者一族——在暗地裡守護世界不受魔族或低級惡魔侵犯一樣。

「……這樣啊。」

長谷川沒有轉頭，向著前方低聲呢喃。

「……妳不覺得嗎？」

略感陰沉的反應，讓刃更有些擔心地問。

「不是，我沒有那個意思……我只是覺得『原來你是這樣想啊』而已。」

踏上最後一階時，長谷川回頭對刃更送出一個平靜的微笑。

那是長谷川平時的表情——於是刃更鬆了口氣並站到她身旁，她便又勾起刃更的手，輕倚上去。同時——

「————」

長谷川的唇似乎微微地動了幾下，但刃更沒能聽見她說了什麼。

4

眾世界遺產中，刃更和長谷川第一個走訪的，是將平定戰國時代成功統一天下的知名武將奉為神明的巨大神社。

社中不只有根據風水及陰陽道工法修建而成的絢爛建築，還有各種動物或靈獸的雕刻，例如知名的三猿像與睡貓。社地中某堂舍天花板上畫了頭巨大的龍，在龍正下方敲擊梆木，會造成奇妙的回聲。兩人就這麼肩並著肩，觀賞這些眾多觀光客慕名而至的景點。

接下來——兩人來到與這個大神社比鄰的另一座神社。

沿杉樹並立的筆直參拜步道稍走一段，穿過現於眼前的鳥居，就是擁有千年歷史的神社境內。兩人一起在手水舍清洗口手後——

「……不好意思，再陪我參觀一下。」

刃更點頭答應長谷川這個請求。這神社的主神是別稱「讓國之神」的男神，有曾經救助遭受欺負的兔子等故事，相當有名。

……我記得，他有很多孩子嘛。

最有力的說法是，他與六名妻神共生下了一八〇個孩子。

六這個數字，可說是刃更與這名男神之間一個有趣的共通點。儘管不是妻子，刃更也與澪、柚希、萬理亞、胡桃和潔絲特五人結下了深厚的情感。

……如果。

再加上長谷川，與刃更深有關係的女性就和這男神一樣，都是六個。

第 3 章
細數只有你我的夜晚

不過，有研究認為祂有七個妻子，在某些文獻中甚至更多，找這個共通點恐怕意義不大就是了。

除刃更和長谷川外，境內還有許多應為觀光客的人，大部分是女性或情侶。由於這男神坐享齊人之福，被人們視為掌管著這世上所有情緣，故又以結緣之神聞名。對於希望與刃更以戀人方式享受假期的長谷川而言，說不定這裡才是最想來的地方。

爾後，刃更陪著長谷川到正殿、並立的夫妻杉與結緣樹等地方膜拜。老實說，刃更自己也有許多願望──

「──────」

不過見到身旁長谷川閉眼合十的誠摯表情，讓他最後只能祈求長谷川能夠如願以償。

參拜過一輪後──兩人遇上了某個團體。

是婚禮。這座世界遺產級神社，正舉行一場莊嚴的神前婚禮。

穿著繡有家徽的褲裙禮服的新郎倌和白無垢裝扮的新娘，隨男性神官與巫女的引領走上前來。

兩對看似新人雙親的男女隨後而至。

「好羨慕喔……」

長谷川望著他們，一臉陶醉地呢喃，輕倚刃更。若只是想配合她帶過這話題，能講的話多得是，但刃更不想對她說不負責任的話。於是——

「……就是啊。」

刃更只是短短這麼說，摟在長谷川腰間的手稍微使勁。看著婚禮進行了一陣子，新郎也注意到了他們——

『————』

並且被長谷川迷住，頭完全轉了過去，被眼尖的新娘火大地揪著耳朵拉回前方。

「——啊，既然都拜完了，差不多該走了吧。」

光是不小心為長谷川看傻了眼就要受罪，也未免太殘酷了。

「好，也對……走吧。」

長谷川似乎也已經滿足，聽刃更提議離去就跟著點了頭，一起離開神社。

之後，兩人還想去另一座列為重要文化財的佛寺；但無奈冬季開放時間已過，只好放棄這個行程，回到停車場坐上他們包租的計程車，重返最先造訪的湖。

那並不是因為漏看了什麼。兩人的目的地，是立於湖畔的建築。

「這裡好壯觀喔……」

第3章
細數只有你我的夜晚

計程車窗外的景色，讓刃更不禁低聲讚嘆。

巨大的迎賓門後是廣闊的三千坪腹地，知名休閒事業公司所經營的超高級旅館，就聳立其中。

和服裝扮的女館員，已在旅館門口列隊恭迎。當兩人所搭的計程車停定，後門一開——

「——歡迎光臨。感謝二位貴賓在寒冬中遠道而來。」

她們就整齊劃一地鞠躬，動作和聲音都沒有一絲參差。

感謝司機一天的辛勞並下車後，刃更和長谷川在女侍的帶領下，來到大廳裡頭的沙發桌組。兩人才剛坐下，另一名女子就送上盛於名貴茶杯的鮮綠抹茶，以及色彩繽紛的日式糕點。不過，他們並不是來喝茶的。證據在於，刃更與長谷川喝了幾口茶之後——

「歡迎光臨——抱歉打擾二位用茶，這裡有些資料需要煩勞您填寫。」

女子這麼說之餘，將一本皮面筆記簿和鋼筆交給長谷川。

長谷川也隨即以優雅姿勢運筆如飛地填妥個人資料。

女子接過長谷川交還的簿子和筆後，恭敬地鞠躬說：

「感激不盡。那麼，請容我帶領二位進房歇息——請往這邊走。」

接著就將刃更與長谷川迎入旅館內部。充滿和式風雅的旅館沉浸在濃濃靜謐之中，只能聽見刃更一行人在榻榻米走廊碎步前進的腳步聲。

不久，兩人在某扇門前停下。開門見到的，是這旅館最高級的六人套房。空間比東城家建地面積更寬敞，有和室主房與側房各一間，西式客廳與大臥室各一間，浴室、盥洗室和廁所各兩間。

當兩人在主房桌邊鋪了座墊的和室椅坐下，女子就立刻著手泡茶，並在將茶杯擺到兩人面前後，雙手八字形按上榻榻米，叩首說道：

「再次鄭重感謝二位今日大駕光臨。我是本旅館的老闆娘，請多指教。」

見到老闆娘畢恭畢敬的模樣——

……幸好已經在魔界有過類似經驗。

刃更曾和澪幾個一起受過維爾達城的款待，面對豪華房間與老闆娘的禮數也沒亂了陣腳。這時，悠哉坐在桌對面的長谷川問：

「我們先送來的行李呢？」

「請放心，行李已在不久前送到，替兩位安放在那邊了。」

跟著老闆娘指向客廳的手望去，就看到起先寄放在車站的行李。這是因為兩人當初不只是寄物——還利用連帶的宅配服務，事先將行李送至旅館的緣故。

沒錯——今天這趟旅行不是當日來回，刃更和長谷川要在這裡住上一晚。

「抱歉……恕我冒昧，請問今天是二位某個重要的紀念日嗎？」

第3章
細數只有你我的夜晚

「是啊，請務必讓今天真的成為值得紀念的一天。」

長谷川淺笑著從手拿包中取出一只信封袋，遞給含蓄問話的老闆娘。裡頭裝的多半是小費吧。見狀——

「這……我不能收。住宿費中已包含本旅館所有服務項目，更何況長谷川小姐您給的，其實已經綽綽有餘了。」

「那是另外一回事。如果你們對自己的服務有足夠信心，就儘管收下它吧。只要在你們做得到的範圍內，提供最好的服務就行了。」

聽長谷川氣定神閒地這麼說，老闆娘儘管仍面有惶恐——

「……既然如此，我就恭敬不如從命了。」

但還是接下信封袋收進懷裡，隨後表情肅然一改，說道：

「那麼……我們定將遵照您事先吩咐，盡其所能地提供最頂級的款待。」

老闆娘這麼說之後，將館內設施詳實介紹了一遍。

「——請二位隨意，不必拘束。」

接著又按地磕頭，靜靜地離開房間。

「呼……」

至此，刃更總算能喘一口氣，環視房間。這裡不僅是寬敞，窗外輝映夕陽的湖光山色也美得無話可說。因此——

……如果也能帶她們來，那有多好。

刃更忽然想起留在家裡的澪幾個。

——表明將外宿一晚時，她們都面有難色。

那並不是提到長谷川的緣故，刃更對於自己與長谷川的關係至今仍瞞著她們。

刃更的藉口是「想完全放鬆地泡個一天溫泉，消除在魔界接連激鬥的疲勞」，而澪幾個只是單純擔心他單獨行動時的人身安全而已。

為什麼不能一起去呢——她們難免會有這樣的疑問吧。

不過——她們都沒有說出口，就這麼默默地送刃更出門。

恐怕是日前在街上遇到瀧川時，他說的「要是對刃更的擔心扭曲成束縛，小心他厭煩起來就把妳們全甩了」深深刺進了她們的心吧。

為保險起見，刃更用了一次主從契約的辨位能力，發現澪、潔絲特或柚希都沒有偷偷跟來。雖然萬理亞和胡桃沒結主從契約——不過現在的刃更有其他方法能掌握她們的位置。

……多虧了雪菈小姐幫忙。

刃更掏出懷中的手機，垂下視線。

如同澪她們擔心刃更一樣——刃更也很重視、關心她們。

第3章
細數只有你我的夜晚

雪菈似乎也能明白他的心情，在離別時送的伴手禮中，包含了一個特殊晶片，能夠追蹤萬理亞的魔力，以及胡桃的黑色元素波動。裝上手機，就能隨時以ＧＰＳ掌握她們的位置。

現在，澪等五人無疑都在東京。所以刃更也將自己手機的ＧＰＳ位址告訴她們，且沒有因為對澪她們的支配力提高，而使用主從契約中阻斷屬下尋找主人的能力，與長谷川參觀各大名勝時，也給她們傳了好幾通簡訊。

給予位置又定時聯絡，澪她們也能安心了吧。

當刃更為家裡的女孩們這麼想時——

「——怎麼都有我了，還在想其他女人呀？」

長谷川在桌上拄著臉調侃地說。

「你寒假和成瀨澪她們在國外住了那麼久，我只能孤孤單單地在這裡想你耶。當然，你陪我跑來這裡住一天，跟她們報平安是應該的……可是在其他時候，麻煩你只想著我一個人喔。」

刃更對媚笑著撒嬌的長谷川點點頭，回答：「好。」

並強烈地叮囑自己——與長谷川相處時，得百分之百地只想著她一個。

5

距離晚餐還有點時間，於是刃更和長谷川決定先試試溫泉。

雖然房裡也有露天檜木浴池，不過在大浴場或寬敞的露天溫泉泡澡，才是溫泉旅館的醍醐味。老闆娘說過，大浴場的更衣室也有浴衣可換，兩人便留下房裡的浴衣，直接穿著便服離開房間。

不知是不是旅館大的關係，走廊上同樣充斥著沉穩的寂靜。

「——那就待會見囉。」「好……」

道別之後，刃更和長谷川就各自進了男浴場和女浴場。

穿過男浴池布簾，刃更就到更衣室脫光，將衣物鎖進置物櫃，掛好鑰匙手環，開門踏進大浴池。

「……也太大了吧。」

刃更忍不住對著空氣這麼說。白煙靄靄、處處由檜木所建的豪華大浴場，無論是浴池還是整體空間，都大得讓人不由自主地左右張望，開放感十足。而且在這座大得驚人的浴場另一端，還有一座露天溫泉。不過——

……週末還這麼空啊？

獨占這麼大的空間，讓刃更覺得有點奇怪。是因為旅館價位高，住客本來就少的緣故，還是來這裡住宿的人其實都不喜歡大浴場，偏愛房間附設的浴池呢？

刃更一面在日本風情濃厚的巨大浴場中想這這種事，一面坐到牆邊沖洗區的矮凳上清洗身體。洗著洗著，更衣室方向——忽然有人的動靜。

看來是有其他客人，也想在晚餐前來這大浴場泡上一泡。於是刃更放心地繼續動起洗澡的手，不一會兒就見到那人走進浴場。

但竟然是長谷川。

「咦——……？」

刃更不禁滑稽地叫了一聲。然而再怎麼不敢相信，眼前這個以毛巾纏住頭髮，身體也圍著浴巾的人無疑是長谷川千里。

「久等啦，東城……」

她一見到人在沖洗區的東城，就笑嫣嫣地踏響積水走上前來。

「老、老師妳怎麼跑來這裡！要是其他客人進來——」

刃更雖察覺到長谷川很想共浴，卻沒想到地點不是房間的浴池，居然在大浴場就想幹那

第3章 細數只有你我的夜晚

麼大膽的事。她的心意是很令人高興，不過刃更可一點也不想讓其他男人見到她赤身裸體的模樣。

「放心吧，不會有人進來的——客人或員工都不會。」

長谷川從容地如此斷言。

「因為這兩天，這裡都被我們包下來了。」

「這座大浴場？」

可以這樣做啊？對刃更這個問題——

「不只……是整棟旅館。」

長谷川彷彿不當一回事地，說出她能夠那麼做的原因。

……對了。

不只是更衣室或大浴場，自從踏進這旅館起，刃更就不曾見過其他住客。而且，老闆娘離開房間之際，說的是「請隨意」——一般都是「祝您愉快」或「請慢慢休息」。

——但老闆娘卻釋出「隨意」的權力。

在長谷川給她小費那時，她說「您給的其實已經綽綽有餘」，原來那不是客套話或單純謙虛。

……不會吧。

第3章
細數只有你我的夜晚

在週末包下整棟高級旅館，究竟要花多少錢？長谷川來到刃更眼前解開浴巾，一身光溜溜地坐到刃更身旁的沖洗區矮凳，拿起蓮蓬頭往身上淋水。運動會前作客吃她的親手菜後，聖誕夜在她寢室應要求而對她為所欲為後，兩人都曾在入浴時做過各種淫褻不堪的事。想起當時情境，讓東城刃更不禁起了反應，而長谷川也注意到他的狀態——

「……呵呵，猴急耶你。」

「沒有啦，這只是……」

刃更被笑眯了眼的長谷川糗得不知該怎麼解釋時，長谷川旋開沐浴乳蓋，將裡頭濃稠的液體往自己胸上淋，直到堆滿整條乳溝，再捧起雙乳妖媚地交互摩擦，擦出一堆又一堆的泡沫。明白長谷川想做些什麼後，刃更不禁支吾：

「老、老師……」

「如果不幫你紓解一下，你應該沒辦法吃晚餐吧……你等著。」

長谷川則是嫣然一笑，繞到他背後。

並將整個都是泡沫的豪乳擠上刃更的背，兩隻手繞到他前方。手心裡，滿滿都是剩餘的沐浴乳。

下個瞬間——東城刃更不由自主地挺立的陽物，被長谷川雙手一抓就上下蠢動。

「太猛了吧……是不是又變大啦，東城……嗯！」

沾滿泡沫的胸在刃更背上又擠又滑，指頭猥褻地咕啾咕啾套弄刃更，讓長谷川興奮地這麼問。

「！……寒假的時候，發生了一些事……」

那是事實。或許是在魔界使用雪菈的強精劑的影響，刃更的尺寸比以往大了一圈。

從長谷川的手部服務獲得快感的刃更呻吟著答話後——

「這樣啊……那麼今晚，我還要讓它變得更大。」

長谷川半笑著這麼說，驟然加快手部動作。

「唔……啊……！」

快感大幅膨脹，使刃更連忙使力繃緊下腹。

「沒什麼好忍的……放輕鬆，順其自然嘛。」

長谷川的細語伴著熱氣吹上刃更耳朵的同時，手部動作變得更加激烈——於是刃更順了長谷川的意，在她手中暴洩死鎖已久的快感奔流。她的手還沒能攔住全部，面前長方形鏡面上半部頓時多了幾道白漿，鏡中的長谷川也彷彿被噴得一臉又黏又白。

「嗯……呵呵，射了好多喔……」

長谷川放慢套弄刃更陽物的速度，滿足地笑了笑。刃更不甘被她單方面攻擊，慢慢地轉向背後。

第3章
細數只有你我的夜晚

「別那樣看我嘛……晚飯都還沒吃耶。」

長谷川似乎這樣就明白了刃更的意圖，說了句勸阻似的話，但明顯是欲拒還迎。

所以，刃更伸出手，輕輕揉起她的胸——

「啊嗯……♥」

她便立刻嬌喘一聲。見狀——

「……老師自己還不是一樣。」

刃更忍不住用力擰捏她調皮地頂起泡沫的淺粉紅色乳頭。

「！——呼啊啊啊！」

敏感的長谷川，只因為這一捏就猛一急顫——這反應看得刃更全身冒火，摟住她的腰就往身上抱。

「快要吃飯了……一人一次就好了吧。」

在刃更懷中，長谷川以撩人口吻這麼問。

「——我知道了。」

刃更點了頭，開始貪食她胸臀的觸感。

替刃更手淫早已讓長谷川亢奮不已，現在又被他左右手同時揉胸抓臀，快感霎時暴漲

——當長谷川面對面地慢慢開始扭動的腰，動作已十二分地淫邪時，刃更粗暴地刷吸她的乳

頭，同時長谷川突然抱緊刃更，在浴場內放聲媚叫，輕微地高潮了一次。待餘韻消退，兩人視線一對上——

「哈啊……東城……嗯、啾……♥」

長谷川就眼中銀光閃閃地吻來。刃更也予以回應，不自覺地將她壓倒在大浴場地上——四條腿不停地蠕動糾纏，忘情地索求彼此。

6

結果——說好的一人一次，變成了一人三次。

由於真的沒時間再繼續下去，兩人便設法快速退火，換上更衣間的浴衣就返回房間。穿浴衣又盤起頭髮，使得因入浴與快感而全身發熱的長谷川，露出染上淡淡粉紅色的後頸——

……唔，糟糕。

差點被這性感模樣沖昏的刃更趕緊甩頭，拚命讓自己冷靜。

抵達房間時，正好趕上晚餐時間，女侍們在房裡準備餐點。

一道道令人食指大動的餐點，滿滿地排上主房的大桌。

有生涮牡蠣鍋、生馬片拼盤、燉鱉土瓶蒸等，整個菜式意圖露骨得一般男性都會卻步；不過掌管東城家廚房的蘿莉色夢魔沒事就會做這種精力套餐，所以刃更並沒有特別訝異。

「真是山珍海味啊……」

「您過獎了……感謝二位給本館廚師一展長才的機會。」

其中一名女侍謙恭地這麼說，並深深地磕頭。

「只可惜桌上變得有點擁擠，還請二位見諒……」

餐點件數相當多，擠得桌面幾乎沒有多餘空間。

「別這麼說……這裡本來就沒有送餐進房的服務，是你們破例遷就我才會這樣。」

不僅如此，像這樣的高級宴席料理，本該像西式套餐一樣，依用餐進度一盤接一盤地送上來；不過長谷川希望能盡量和刃更獨處，便要旅館一次送齊。

——沒多久，餐點就準備齊全了。

一般擺放餐點時，都是以挾桌而席的角度來考量；然而這滿桌的菜卻在長谷川的要求下，採橫向食用的排法。刃更詢問有何用意後，長谷川湊到他耳邊甜聲說道：「這樣子，互相餵起來比較方便，也能靠得比較近嘛。」

待任務達成的女侍們整齊地行禮並離開房間，兩人就開始享用今天的晚餐。

不愧是超高級旅館——每一樣都是頂級食材，工法細膩且毫無差錯，調味也極為高雅，無論是視覺或味覺上都是絕佳享受。

儘管明知失禮，刃更仍然依從長谷川的希望，和她互相餵食、斟日本酒，讓她愈吃愈開心……不時故意袒露胸前，向刃更索吻。刃更有求必應的同時，見到長谷川一臉幸福的樣子，自己也滿心欣慰。晚餐結束後，刃更移臀到客廳沙發，再要長谷川坐到他大腿上，就這麼從背後摟著她稍作休息，眺望窗外景色。

「再來想怎麼樣？泡房間的檜木池，還是再回到大浴場……這次就換到女池那邊看看吧？」

途中，倚著刃更撒嬌的長谷川稍微回頭問。於是——

「老師……在那之前，我可以先問妳一件事嗎？」

「嗯，什麼事？」

東城刃更以沉靜的語氣，對期待地催促的長谷川，說出他已經憋了一整天的核心問題。

「就是——我想請老師透露一些，關於我身世的事。」

長谷川聽了不改笑顏，只是稍微瞇起眼睛，簡短地問：

「……——迅在那邊，跟你說了我的事嗎？」

第3章 細數只有你我的夜晚

刃更輕輕搖頭回答：

「沒有。我在魔界再見到老爸時，他只有告訴我，我母親是前任魔王威爾貝特的妹妹，然後我還有另一個母親。」

「如果他只有告訴你那些，那麼是哪條路把你引來問我的呢？」

長谷川的口吻，並未否定刃更走的是通往真相的道路。

「為了完成我去魔界的目的，我不得不和比我強很多的人交手……所以我請某個女夢魔，幫我製作能使我體內魔族之血活性化的藥。」

後來——

「吃了那種藥，讓布倫希爾德的部分記憶流到我的體內。這大概是因為，魔劍裡寄宿著邪精靈的關係吧。激發我的魔族血統，讓我跟魔劍布倫希爾德的同步率也跟著大幅上升。」

所以，東城刃更才會知道某些不為人知的事。

「魔劍和靈刀之類的武器，能夠隨使用者的意思具現化，是因為寄宿於武器中的精靈或靈獸挑選了他們，開通彼此連結的緣故，就像咲耶選擇了柚希一樣。不過我會成為布倫希爾德的使用者，完全沒有經過這種過程。」

例如，從布倫希爾德的觀點回顧的那段悲劇。

「五年前悲劇發生時……我的力量失控，把周圍除了柚希和布倫希爾德的東西全都消除了。當時我只想保護柚希一個，沒時間也沒心力考慮布倫希爾德怎麼辦。最後布倫希爾德沒有消失，是因為它逃進我體內的緣故。從那之後，布倫希爾德就和我共存到現在。」

接著是，運動會那天。

「遇見澪、又重新拿起武器以後，我遭遇好幾次一不小心就會喪命的危機；不過只有那一次——被坂崎打倒以後的那段時間，我離死亡真的就只差那麼一步。一旦我這個宿主死了，我體內的布倫希爾德也會消失。布倫希爾德的本能發覺自己遭遇存亡危機，就在我失去意識時一口氣顯化，使用我的身體和力量打倒坂崎。之後——」

「這樣啊……」

長谷川聽了刃更的話，終於明白了什麼般呢喃。

「所以你就是這樣，知道了布倫希爾德占據你身體並且失控，然後被我阻止——還有我和歐尼斯說過的話等，在你昏迷的時候發生的事吧。」

在布倫希爾德占據刃更的身體，以它壓倒性的力量宰殺歐尼斯之際。

長谷川連同刃更的肉體束縛了布倫希爾德。

那段時間——刃更始終沒有意識。

第3章

細數只有你我的夜晚

……遭到束縛的布倫希爾德，依然保持顯化狀態。

為了讓刃更從魔界平安歸來，長谷川趁機加強了刃更的力量，提昇他與布倫希爾德的同步率，讓他能用得更得心應手。然而——

「是迅告訴你的也就算了，真沒想到事情會從布倫希爾德那洩漏出去呢……」

那天，坂崎現出他歐尼斯的真面目，企圖殺害刃更。於是長谷川毫不猶豫地恢復阿芙蕾亞的模樣，拿出身為十神之一的力量消滅了歐尼斯。

當時她與歐尼斯的對話，對不知內情的刃更而言，大多是難以組織的零碎片段吧。不過刃更生在勇者一族，當然對神族或十神等詞語的意思有一定程度的認知。

……而且。

既然刃更在魔界從迅那裡得知他有兩名母親，藉此串起所有片段，摸索出真相的入口，也不奇怪。現在，刃更想必已經發現——通往真相的門扉以及鑰匙，全都在長谷川身上。

長谷川嘆口氣，緩慢閉眼、睜開，表情自然地轉為苦笑。

再也瞞不下去了——所以，長谷川徐徐說道：

「……我和迅約好，假如你在他說出來之前自己發現了，我可以自行判斷要不要把真相告訴你。我看你不只憧憬自己的父親，還非常尊敬他；所以你即使找到別的途徑，能挖出他沒說的真相，也只會繼續推測，不會有進一步動作……是什麼改變了你的想法，讓你這樣找我查證呢？」

「這個嘛……如果是前一陣子的我，應該會無條件地接受老爸對我的安排，什麼也不會多想吧。可是——」

刃更解釋道：

「現在的我，有渴望守護……絕不願意退讓的事物在。當然，在戰鬥上，我應該是超越不了老爸；可是我再也不想，也無法容忍自己一直活在老爸的羽翼下。」

那是，刃更決心以自己的作法脫離父親迅庇護的肺腑之言。

「所以請妳告訴我，為何妳會說——我是妳非常重視的那個女性，曾經活著的證據。」

接著，他再一次向長谷川發問。

「……迅對你說了多少？」

「他說，他是在上一次勇者和魔族的大戰的戰場上，和我媽——威爾貝特王的妹妹認識的。」

能接受迅這麼簡略的說詞，表示他對迅十分信任吧。

於是，長谷川轉回前方，補充刃更想知道的詳細經過。

「我也只是聽人轉述而已……你兩個母親的其中之一，那位名叫瑟菲雅的女魔族，是個能在戰場上親率部隊的優秀指揮官，而且在那場大戰的前線中，拿下了數一數二的戰功。」

第 3 章

細數只有你我的夜晚

那雖也表示瑟菲雅殺了數不清的勇者一族，但長谷川刻意迴避了這點，繼續說：

「她應該是個責任感很強的人吧……我聽說她在大戰末期，威爾貝特開始撤軍回魔界時，自願擔下殿後的責任。」

而這個選擇──也造就了一段奇緣。

「當時，迅也帶著一批同伴追擊魔族……在那之前，迅也曾經和莉雅菈見過面，交戰了好幾次。」

「交戰好幾次……那不就──」

「對。看來她這個最強魔王威爾貝特的妹妹，並沒有丟哥哥的臉，戰力還能和當時的迅打得有來有往。這時候，她急著讓部下儘快撤退，迅也想避免同伴遭受戰鬥波及，兩個人就開始移動，想找個沒人的地方繼續打。在場的勇者一族或魔族，都沒有任何人阻止得了。」

這時，長谷川語氣一轉：

「不過……開始轉移戰地沒多久，有個人插手了。」

長谷川吐出一口氣，才終於說出「她」的名字。

「那個人，就是後來成為你另一個母親的，我當作姊姊一樣的人──拉法艾琳。」

其實，神界為見證前次勇者一族與魔族大戰的結局，派遣了一名使者暗中觀察。

那就是，在長谷川之前成為十神的拉法艾琳。

「迅在大戰時所使用的聖劍巴爾孟克，就是拉法艾琳看出迅的資質不凡，才私下傳給他的……」

儘管幫助勇者一族，愛好和平的拉法艾琳，仍將威爾貝特為促成雙方休戰而撤軍的決定，視為善意的表現——所以介入了瑟菲雅和迅的戰鬥。沒想到——

「大概是殺紅了眼吧，迅和瑟菲雅小姐把拉法艾琳當作是來攪局，居然不約而同地對她出手。」

拉法艾琳起初也是好言相勸，可是他們根本不聽，讓她愈說愈惱火。

「——結果一回神，三個人已經打成一團了。」

長谷川苦笑著說。

人稱戰神的迅，與迅旗鼓相當的瑟菲雅，再加上十神之一拉法艾琳，三名高手激戰的衝擊堪稱驚天動地。一次，三者同時放出的全力攻擊彼此對撞，震出一個巨大的次元裂縫，將他們都吞了進去。

「虛數次元，是一種連時間之流都能阻斷的空間，就像一個幾乎逃脫不了的監獄。儘管他們在那裡面還吵了一陣子，最後還是團結起來，尋找逃脫的方法。」

長谷川並不知道他們在那裡共度了多少時間。

不過互相認同之後，彼此間產生特殊情愫也是十分正常的事。

第3章
細數只有你我的夜晚

在如此三人相依為命的生活當中——他們遭遇了一個嚴重的問題。

「那個空間……居然是古龍法布尼爾的巢穴。」

龍族全然不同於神族或魔族，是誕生於另一種系統的特殊高次元生命體。

其中，法布尼爾被歸類為最強的邪龍，是血統最古老的龍族一支。一頭法布尼爾，為了消滅他們幾個入侵其領域的不速之客，發動了攻擊。

「——就結論來說，迅他們好不容易擊敗了法布尼爾，而且打倒法布尼爾似乎還使得虛數空間產生缺口，能從那裡製造通往原來世界的次元境界。可是——」

當他們急著返回原來世界時——有件事阻礙了他們。

「原來法布尼爾，不是只有那一頭……」

迅幾個闖入的空間，其實是法布尼爾群的巢穴。同伴喪命，使其餘的龍全都殺了過來。

數目總共有二十頭——數量如此龐大，戰勝的機會簡直微乎其微。

而且，還不能就這麼藉次元境界逃到其他空間。做那種事，法布尼爾群很容易在次元境界關閉之前衝出外界。

當瑟菲雅和拉法艾琳因此放棄脫逃，就要關閉次元境界之際，一隻手粗暴地將她們全推了進去——讓她們返回原來世界。

是誰做了那種事，當然是不在話下。

「就這樣——迅單獨留了下來。」

下此判斷，完全是為了不讓法布尼爾群湧入外界。迅等兩人脫逃後由內破壞了次元境界，把自己和法布尼爾群關在虛數次元空間裡。不敢置信的瑟菲雅與拉法艾琳，立刻著手尋找能夠救出迅的方法，拚命想開啟通往那空間的門；但即使能打開通往虛數空間的洞，缺了迅的力量，怎麼也進不了迅所在的空間。

「然而——兩個人仍然同心協力，用盡她們所有力量。」

拉法艾琳終於偵測到她送給迅的巴爾孟克的波動，不斷計測雙方空間的位相差值；瑟菲雅也以微調至極限的重力魔法，不斷扭曲空間。

「當時兩人之間已經沒有神魔族之分……心完全為救出迅而繫在一起。」

最後，她們總算是成功開出連接迅所在空間的通道。

兩人立刻穿過次元境界，趕向迅波動所在，確認他的生死。

完全不顧自己是否會有生命危險。

「不過……當她們趕到時，迅已經獨力消滅了所有法布尼爾。」

當迅對不禁傻在當場的瑟菲雅和拉法艾琳若無其事地笑著說：「喔，妳們沒事啊？」兩人的情緒都一口氣爆發了。

「拉法艾琳她們帶著迅回到原來空間後……一起主動向他求愛，並發生了關係。」

經過一段相需相求的靈肉交合，瑟菲雅很快就懷了迅的孩子。

——但那畢竟是勇者一族的英雄和魔王之妹所生的孩子。若事情曝光，將造成嚴重問題；但相反地，若能將孩子小心扶養長大，或許將成為下一代的希望。

問題是，必須返回魔界的瑟菲雅，不能在那裡生下勇者一族的孩子。

「於是——拉法艾琳就接收了你，把你在神界生下來。」

當時她說，自己是在神界擁有極大權力的十神之一，能夠生育刃更；這麼一來，刃更將會是他們三人的孩子，這樣她也高興。就這樣，拉法艾琳將刃更從瑟菲雅腹中移到自己體內，並在考量過所有狀況後分配任務，並將不幸鬧出問題時該怎麼處置討論妥當後，相約總有一天要再見面，就回到了各自的世界。

迅回人界、瑟菲雅回魔界、拉法艾琳回神界。

——不久之後，勇者一族與魔族結下了休戰協定。

能這麼早就促成休戰，是由於迅潛入魔界，透過瑟菲雅和威爾貝特與雪菈結下的合作關係，發生極大作用的結果。

按理來說，事情應該會一帆風順才對，但是——有個人沒能遵守約定。

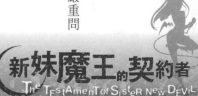

第③章

細數只有你我的夜晚

那就是拉法艾琳。

她對迅和瑟菲雅撒了一個謊。即使貴為十神……不，正由於她位高權重，借腹懷下魔族與人類的孩子更是禁忌中的禁忌，罪加一等。

儘管如此，拉法艾琳依然生下了他們的孩子，短暫地與他相伴後……就因觸犯重罪而遭褫奪第一級神格、淨化記憶及凍結靈子等處分。

「除了我之外，還有兩個她親近的人幫她說話，可是其他人全都同意處罰她……沒有轉圜的餘地。」

結果就是拉法艾琳的靈魂被抽出肉體，打入神界的永恆牢獄——就在長谷川眼前。

「於是，我把你帶來人間交給迅，也告訴了他拉法艾琳的下場，還有她的遺願。」

拉法艾琳深知迅是個怎樣的男人。

假如他知道拉法艾琳出了什麼事，甚至殺入神界也在所不惜。

——但是那麼做，很可能使他們失去這個象徵希望的孩子。

因此，拉法艾琳的遺願就是——希望迅凡事都以這個孩子，以及創造人類與魔族不再爭戰的未來為重。長谷川轉向背後，告訴刃更另一個事實。

「東城……你『刃更』這個名字，就是拉法艾琳取的。」

拉法艾琳將自己的孩子——刃更託付於迅後，迅從來不曾違逆她的遺願。只是，當時迅用盡全力壓抑怒氣而從拳裡握出的赤紅血滴，以及咬碎臼齒的駭人聲響，長谷川如今仍記憶猶新。

「後來……迅祕密前往魔界，將拉法艾琳的遺願轉告瑟菲雅小姐。原本瑟菲雅小姐非常期待，三個人能依約在人界再會，偷偷以人類身分一起生活，結果卻聽見這個噩耗。這讓她無顏與迅獨享幸福，選擇在魔界隱居，甚至威爾貝特都再也沒見過她。她也許是顧慮到自己與勇者一族和神族發生親密關係，可能會阻礙威爾貝特的理想，不得已才這麼做的吧。」

說到這裡，長谷川長長地嘆息。為了在這個終將到來的日子如何向刃更說明真相，她已反覆思量了無數次。

在完成了一項重大任務的解脫感中，長谷川抬起視線。

「………………」

見到她所心愛的少年左眼湧出些東西，劃過臉頰。

刃更，靜靜地，哭了。這模樣，讓長谷川恨不得立刻將刃更緊緊擁入懷中，但她仍用力握起才剛提起的右手。欺騙了刃更的自己，沒有資格那麼做；能做的，就是告訴他還沒說完的事。

「不過，瑟菲雅小姐不是單純就這麼消失。她向迅承諾，只要發生萬一，她就會立刻趕到你和迅身邊。有一天——她證明了自己並沒有失信。那是在——」

長谷川接著說明：

「五年前，發生悲劇之後的事……迅不是帶著你離開『村落』，在市中心住下來嗎？那陣子，其實她陪過你幾天。」

「咦……？」

長谷川對抬起頭的刃更微微笑。

「當時迅還是個新人攝影師，你還沒從『村落』的打擊中站起來，連學也沒上，整天關在家裡。瑟菲雅小姐非常替你著急，大概是再也忍不住了吧，等你一離開『村落』就偽裝成人類，偷偷去見你了。其實她很想在事發當時就立刻趕到你身邊，只是她那樣的魔族進不了勇者一族的『村落』。那一陣子，她無時無刻都陪著為那場悲劇深深自責的你，直到你稍微穩定一點。但是，她在啟程回魔界之前，用魔法消除了你見過她的記憶。之後的事，就跟你知道的一樣了。」

長谷川接著說：

「迅發現他與威爾貝特合作的魔界改革計畫出問題之後，想和瑟菲雅小姐聯絡，但那時她就已經不知去向了……不過你不必擔心，只要迅真的想找，一定能把她找出來。」

說到這裡──自己的任務，真的是完全結束了。

「我能告訴你的……全部就這麼多了。」

當長谷川轉回正面，無力地垂下頭——

「……——妳說謊了。」

刃更以平靜的口吻，對她肯定地這麼說。

7

東城刃更以手背輕輕擦去溜下左頰的淚水，注視轉過頭來的長谷川雙眼，對表情驚訝中摻雜疑惑的她說：

「我並不是說妳剛才都在騙我……不過，老師應該還隱瞞了一些事吧？」

「你在說什麼……」

「——聽妳剛說的話，妳只是將我交給老爸照顧而已。」

刃更打斷長谷川，彷彿在說，事情不可能只是那樣。

「可是妳忘了嗎？現在的我，透過布倫希爾德知道了妳和坂崎的對話，而妳是前不久才知道這件事的……至於拉法艾琳和老爸他們的事，我想妳絕對不會作假。」

可是——

「將生下我的母親當親姊姊一樣景仰的妳，因為無法阻止自己重視的人遭到剝奪一切而非常自責……所以隱瞞了一件事。」

刃更吸口氣後，說道：

「那就是──妳為了保護我，犧牲了十神的地位和力量。」

「…………」

長谷川的沉默，表示她默認了刃更的話。

這是當然，因為長谷川與坂崎的對話曾經提及這件事──於是，東城刃更繼續解釋。

「妳剛說，我的魔族媽媽擔心得等我離開『村落』就來見我……我想這大概也是事實。只是當時『村落』對我和老爸還很警戒才對，我的魔族媽媽很難在我家待那麼多天。」

假如她的魔族身分曝光，刃更的處境將更加危險。

瑟菲雅決定返回魔界時，心裡恐怕是在淌血。

然而──事實也如長谷川所言，刃更因迅忙於工作而獨自看家時，心理狀態的確是日漸穩定。由此說來──

「代替我的魔族媽媽，陪伴我到重新振作之後的人，其實是老師妳吧？身為神族的妳，應該有辦法對勇者一族隱瞞自己的身分。因為有妳在，我媽媽才能夠放心地回魔界去。」

因為──

「根據妳和坂崎的對話，妳帶我來這個世界後……就再也沒返回神界。妳捨棄了十神的地位，情願留在這個世界保護我，至今以那麼多的建議和護祐幫助我；我不認為這樣的妳會什麼也不做，白白虛耗把我交給老爸以後的這十五年。畢竟，妳比誰都還要重視，將我視為希望的我另一個媽媽。」

說這種謊，多半是認為讓刃更以為母親曾經陪伴他走過最苦的歲月，能夠填補他人生中的缺憾吧。

長谷川千里——十神阿芙蕾亞，自始至今都是這樣，處處為刃更著想。

刃更對長谷川所說的話，全是事實。

「————」

長谷川以驚訝的眼，看著注視她的刃更。

與自己同色——也與拉法艾琳同色的眼眸就在那裡。

刃更繼承自聰慧的拉法艾琳的眼，要揭露長谷川隱藏的事實般看穿她的心，使她不禁摸摸左耳環——拉法艾琳的遺物。

「…………對不起。」

第3章
細數只有你我的夜晚

長谷川喃喃地說出懺悔之言，並低下頭。

——長谷川與刃更相處的這些時光，從未表露自己的真實身分。

儘管她那麼做也是出於自己的苦衷，但那純粹是她個人的問題，與刃更完全無關。

長谷川知道自己無論如何都不該扭曲迅、拉法艾琳和瑟菲雅的往事，但也認為完全沒有必要添加自己的頁面，也沒有那種餘地。

難道不是嗎。在那段故事中，長谷川——十神阿芙蕾亞，只是眼睜睜看著她當姊姊般景仰的拉法艾琳遭受等同從這世上抹消的刑罰，什麼也不能做……然後，就沒有然後了。

這樣的自己所能做的，就只有盡可能減輕刃更的痛苦而已。

於是，她說出迅幾個的真實往事——並以謊言掩蓋了自己的部分。

不過，那是長谷川自己的獨斷。從刃更的角度而言，她就只是在敘述重大事實時說了謊，只是種不誠實的背叛。

……可是。

長谷川仍甘之如飴。刃更在現在的她心中比什麼都還重要，如同刃更決定為澪她們竭盡所能，長谷川也願意為刃更做任何事，即使——必須對他撒謊。

因此，長谷川以保健室老師的身分，與刃更建構不同於澪她們的信賴關係與感情——而這也是沒有半點虛假的事實。當刃更在重要局面尋求她的建言時、將她視為女人時、瘋狂地藉她肉體尋求快感而幾乎要使她失去理性時，她都幸福得不禁顫抖，盡可能滿足刃更所需。

以必需品的角色陪伴刃更，就是長谷川千里的一切。

……不過。

長谷川已經失去這一切了。雖能改變刃更的記憶，讓刃更繼續以笑容面對她——繼續利用她滿足慾望，也只會使自己愈來愈空虛罷了。

儘管早料到會有這麼一天，但實際體驗與刃更的關係完全結束的滋味，仍讓她無力地垂下了頭。

「——……？」

這時——由背後環抱著長谷川的手溫柔地縮緊，將她抱起來前後對調，與刃更面對面。

「——請不要誤會。」

刃更摟著長谷川的腰，以溫柔的語氣和表情說：

「妳忘了嗎……我說『請老師透露一些關於我身世的事』之後，不是問了妳另一個問題嗎？」

那是——

「為何妳會說——我是妳非常重視的那個女性，曾經活著的證據。」

「對啊……所以我才——」

第3章
細數只有你我的夜晚

刃更在這麼說的長谷川眼前忽一苦笑：

「可是，老師說的卻是我父母的事。當然，我很感謝妳說出我所不知道的事，知道三個父母都這麼為我著想，我也很高興……可是，那並不是我最想知道的事。」

那刃更想問的究竟是什麼呢？不明就裡的長谷川，在腦中反芻刃更的話。

……啊……

並很快就發現一件事，小小地驚叫一聲。

——請長谷川透露關於刃更身世的事。

——為何長谷川會說，刃更是她非常重視的那個女性，曾經活著的證據。

刃更這兩句話，要問的都不是拉法艾琳或瑟菲雅，而是長谷川在她的立場下，對刃更所懷的感情。

「不好意思，讓老師誤會了……不過我一樣知道了妳真正的想法，這樣就好了。」

這麼說之後，刃更再一次抱緊長谷川，語氣誠懇地對她說：

「謝謝老師……這麼為我著想，為我做了那麼多事。」

「…………」

一時間，長谷川無言以對。因為她不懂刃更想知道的不是他兩個母親的過去，而是她的感受。於是她茫然地問：

「為什麼……？」

只見刃更笑著說：

「不要那麼驚訝嘛。因為現在在我眼前、至今保護了我那麼多次又這麼關愛我的不是別人——就是老師妳呀。」

這說得理所當然的話，一定是刃更最真實的感受。

因此，明白刃更的意思之後——不，就在明白的那一瞬間——

「…………」

長谷川再也忍不住堆上雙眼的淚水。

不僅是沒有遭到刃更怨恨使她如釋重負，更重要的，是她感到自己至今所做的一切得到了最棒的回報……剎那間，淚水無止盡地泉湧而出。

「老師……」

在刃更以手指拭去那幸福之淚的瞬間，長谷川千里——阿芙蕾亞，無法再繼續壓抑自己的情緒。

因此，當刃更緊緊將她擁入懷中時——

第 3 章
細數只有你我的夜晚

一團眩目的金光包覆了長谷川與刃更全身。

「！——老師，這是做什麼？」

「這是表示契約儀式開始的光……我們兩個的。」

長谷川對表情訝異的刃更如此回答。這不是刃更與澪幾個所締結的主從契約，而是神族長谷川將自身力量借給符合資格之人的契約。此時的她身上仍是浴衣，只有外表恢復阿芙蕾亞金髮碧眼的模樣。

「有沒有感到所有感官都突然敏銳很多呀……就在剛才，我在整座旅館都布下了結界，作為我們結契約的場地。」

長谷川說道：

「就算是現在，只要是為了你，我一樣能使用十神的力量。所以——」

「呃，這我知道……可是，為什麼？」

「我不是說了嗎？」長谷川對疑惑的刃更解釋：

「現在的我，是為了你而存在……既然你把我看得那麼重，那就讓我給你一點幫助吧。雖然你們和魔族的問題暫告一段落了，狀況也沒好到能夠完全放心吧。如果去魔界這一趟，已經讓你絕招用盡——」

一口氣後——

「——希望你能將我們結的這個契約，當作新的王牌。」

在氣息相互接觸的近距離聽長谷川如此請求，讓刃更不禁吞了口氣。

——的確，契約在勇者一族中較為普遍，像胡桃能借用精靈的力量，就是和他們結下契約的緣故；柚希也是獲「咲耶」選中而與她締結契約，才正式成為其使用者。勇者一族本身，就是神族授與力量的人類，而刃更也曾聽說，過去有人與神族成功結約。

「可是，和老師結契約，好像……」

假如勇者一族欲與神族結契約，基本上必須長時間與對方真誠相處，讓對方認為你值得與其締結契約——這段過程，就是契約的儀式。

對方力量愈大，取得對方認同所需的時間自然愈久。妄自挑戰契約的魯莽之輩中，甚至有人耗費畢生心力都結不了契約。更何況，長谷川還是神族中地位最崇高的——十神之一。

這比勇者一族前例中契約的層級，高過不知多少倍。然而——

「別擔心……我和你結的這個契約絕對不會失敗。」

「真的嗎……？」

「真的。」長谷川對反問的刃更說：

「因為這場契約儀式，是我希望你借用我的力量而開始的……只不過，能透過這個契約得到多少力量，得看你將我的精神壓迫到什麼程度。」

「老師是十神之一耶，我……」

這可是成功率無限趨近於零的天方夜譚。但刃更才一沉下臉，嘴就被堵上了。

「嗯……啾、哈啊……東城……」

長谷川慢慢將唇退開，對被這意外之吻嚇呆的刃更說：

「你一定沒問題……雖然是和我結契約，可是類型和你跟成瀨她們結的魔族主從契約相同，不用想得太難。」

並且淺淺一笑。

「——再說，那種事你不是對我做過好多遍了嗎？」

「這……——呃，先等一下。」

刃更忽然想到些什麼似的說：

「難道老師當初說想和我結下祕密關係，就是為了這個……？」

「可以的話，我是一直很想這麼做……不過事實上，主要還是因為一想到你，我身為女性的部分就會難過得不得了。如果不是那樣，我也不會讓你那麼粗魯吧。」

說完，長谷川媚色橫流地一笑。

暗示她從很久以前，就期待著刃更對她做的每一件事。因此——

「————」

東城刃更感到，長久以來極力壓抑著某種感情枷鎖，忽然崩解了。

——一直克制到現在的，並不只是長谷川一個。

當然，刃更也曾暫時拋開理智，瘋狂地在她身上洩慾，但從來不曾像他對澪幾個那樣，認真地要長谷川屈服。至今與長谷川保持這樣的祕密關係，為的只是不傷她的心。

……可是。

儘管刃更這麼珍惜長谷川，心中也有過無數次想將她占為己有的念頭。不過刃更所做的事，幾乎都只是接受長谷川這般年長女性的疼愛而已，也認為她就是希望那樣。不過——這次不同了。眼前的長谷川……十神阿芙蕾亞，強烈期盼刃更能逼她屈服。既然那一來能滿足她的需求，二來與能從契約中借得的力量多寡有關，東城刃更再也壓抑不了自己。

要使長谷川千里完全屈服於他。

「看來你興致總算來了……那就，到這邊來吧。」

見刃更眼神一改，倚貼著他的長谷川便牽起他的手，拉到與正廳相鄰，只隔一道紙門的側房。在那裡，也許是女侍應吩咐來過了吧，鋪好了一床棉被。一踏入這房間——

牽著刃更手的長谷川，就從阿芙蕾亞恢復成原來的模樣。

第③章
細數只有你我的夜晚

「……——老師？」

長谷川千里帶著平靜笑容回答一臉錯愕的刃更：

「不用緊張……一旦契約儀式開始，無論我是哪種面貌，只要向你屈服，力量一樣會轉移過去。所以——」

長谷川直接在褥墊側身半躺，將胸前浴衣連同浴衣外套一起撥開，袒露胸前。

同時解開胸罩前釦，將那對喝了日本酒而染成粉紅色，隨便動一下就會整個向前蹦出浴衣的香豔豪乳展現在刃更眼前。

「！——」

見到刃更為她的媚態吞了口水，讓長谷川開心地說：

「比起十神阿芙蕾亞的樣子……平常這個模樣，你比較不會胡思亂想，更容易讓我屈服吧？」

鋪頭燈籠的間接照明，在長谷川的胴體上打出撩人的光影，並在她冶豔笑容的催化下，釀成煽情的挑逗。為的當然是讓刃更的意識，進入能夠更強硬地使她屈服的狀態。然而——

「我是不會胡思亂想啦……不過這樣，我是真的安心了。」

停留在房門的刃更，表情和緩下來。

「原本我還擔心老師告訴我真相以後會辭掉學校的工作，都用十神的身分和我相處。」

「有什麼好擔心的嗎……？」

安心與擔心——長谷川不懂刃更為何有此想法，直接問出口。

「因為……那樣就像把我和老師之前培養的關係、信賴和回憶全都作廢了一樣不是嗎？但是——」

刃更來到長谷川的床鋪邊坐下，注視她的眼。

「假如老師以後也能繼續作我的老師……我們就不必放棄組成我們的任何一部分，照現在這樣深入下去。」

刃更連同長谷川過去的謊言，包容了她的一切。長谷川最重視的事物，刃更也一樣地珍惜，捨不得失去它們——並告訴長谷川，沒有割捨的必要。這樣的話語，已十二分地足以消融長谷川的理性——

「呃——老師？」

當刃更還在為長谷川突然的舉動錯愕，她已將刃更推倒在床，扯開浴衣拉下內褲，張口就把他的東西吞了進去。

——長谷川沒忘記，自己才是該屈服於他的人。

第3章
細數只有你我的夜晚

不過她對刃更的狂愛已經氾濫成災，擋也擋不住。於是她告訴自己，趁一開始——這麼一次就好，主動替刃更口交。

「啊姆、啾……啾嚕、哈啊……東城、咧嚕……東城……啾噗♥」

從未有過如此忘我經驗的長谷川，如痴如醉地奮力吸含刃更的陽物。一轉眼，嘴裡的東西就脹得生猛威武。

如同長谷川之前所言，感官在這結界中將有飛躍性的提升，長谷川和刃更獲得的快感都較平時高上數倍。長谷川不停地前後擺頭又舔又含，抽吸得濕聲大作，左手也緊抓肉棒上下猛動，不一會兒就讓刃更衝上高潮邊緣。但是——

——我還要讓東城更爽一點。

這樣的情緒一發不可收拾，將長谷川的右手推向刃更臀下。寒假期間，長谷川針對如何給予刃更最強的快感而作了番研究，學了點新招。能對刃更單方面傾瀉情緒的機會，就只有現在這麼一次——所以，長谷川千里實際嘗試了那招性技，將勾彎的右手中指配合刃更呼吸溫柔地插入他的肛門——在前列腺旁輕輕擦動指尖。剎那間——

「——……！」

刃更的腰在不成聲的叫喊中猛力一抖，將大量精液灌進長谷川嘴裡。刺激一下就有如此劇烈的反應，是因為感官在結界中倍加敏銳的結果，而長谷川當然也受到相同的影響——刃更狂洩不止的陽物在長谷川口中暴跳，毫不憐惜地猛蹭她的喉舌，蹭出一股甜美的恍惚。

「嗯嗯～～～～～～～♥」

長谷川整個下身舒麻地打起顫來。咕嚕嚕吞下滿嘴爆漿的感覺使她在幸福中滅頂，瞬時高潮。私處泌出的女性蜜液濕透了內褲而溢出襠口，沿大腿內側滴滴滑落。長谷川與刃更的契約儀式——就此在兩人的高潮中展開序幕。

8

從強烈高潮中平復後——刃更睜開眼睛，發現自己人在床上。

「這裡是……」

見到遍灑朝陽的熟悉擺設，以及身旁一絲不掛的長谷川，讓東城刃更朦朧地意識到自己人在長谷川公寓寢室，並且——

「啊——……！」

自己應該是在旅館房間才對啊？難道自己在長谷川的猛攻下昏倒之後，儀式就這麼結束了嗎——這樣的想法讓刃更嚇得猛然坐起，不過——

第3章
細數只有你我的夜晚

「放心吧，東城……我們的儀式還沒完呢。」

睡在刃更身旁的長谷川吃吃笑著醒來。

「我們住的房間是六人房，主要設備不是各有兩套嗎……對我們兩個來說，那實在太多餘了，所以我在結界裡其中一間化妝室的門，與我公寓的複製空間連接起來。由於位置本身還是在這座旅館，就算成瀨她們用了主從契約偵測位置的能力，也沒有問題。」

「連接複製空間……這是為什麼？」

想都沒想過的事，使刃更腦筋一時轉不過來。

「我和你結契約，是為了讓你盡可能得到更多力量。就像我之前說的，接下來你必須將我的精神逼至極限……可是我玩得太過火，害你昏倒了。於是我在維持我們正常體感速度的情況下，將結界裡時間的流速減緩至千分之一。雖然結界裡已經是白天了，可是實際上，在那之後還不到一分鐘。你看。」

長谷川遞到刃更面前的，是他的手機。液晶螢幕上，顯示時間仍是晚間將近九點。

「我是能將結界內外的時間流速差距拉得更大，甚至製造時間幾乎停止的空間，不過……既然體感速度不變，你在結界裡過多久，身體也會反映出同樣久的變化；真正危險的是，你在習慣那種速度的情況下返回正常世界，肉體與精神會承受不了時空的加速負荷。最壞的情況，你的存在將可能從這世上消失。要免除這樣危險，停在現在這個速度比較好。」

「這樣啊……謝謝老師。」

知道與長谷川的契約儀式仍在持續，讓刃更鬆了口氣，同時快速計算自己所剩的時間。

……這麼一來。

退房期限是明天中午十二點，假如為了儀式推卻早餐服務，扣掉身為女性的長谷川整理儀容到至少能夠出房間的時間，儀式最晚得在一個小時前的十一點結束，約剩十四小時。

乘以一千倍就是一萬四千小時——換算成天數約為五百八十三天。

長谷川似乎是見到刃更默默地記算時間而有所誤會，說：

「別擔心，如果你不想花太多時間，我隨時都能恢復正常速度。」

「啊，抱歉……我不是那個意思。」

刃更絕不是不願和長谷川獨處那麼長的時間。畢竟，要以一般方式與十神締結契約，別說得耗上一輩子，就算讓子孫世世代代繼承下去都不太可能成功。

從這點來看，五百八十三天簡直短得可憐，而且長谷川對刃更的愛護——也遠超於五百八十三天，已經持續投注十五年之久。

既然讓她等了這麼長的歲月，刃更當然想藉由與長谷川締結契約，盡可能地借取最多力量，以回報她的心意。然而在那之前，還有個實質上的問題。

「——吃飯之類的怎麼辦？」

第 3 章
細數只有你我的夜晚

由於結界是複製空間而成，旅館廚房與長谷川家裡的冰箱或櫥櫃應該有食物能用，但再怎麼節約也不可能吃上一年半載。

「我複製我的公寓就是為了這件事……連結空間時，我將你我和你手機之外的物體都設了還原點保存起來，只要我們往來旅館和公寓之間，前一個空間就會恢復原狀。」

總之，就是回到旅館，公寓中所有物品都會復原；從旅館進入公寓，房間空間就會重置。如此一來別說不必擔心食物耗盡，就連洗衣或打掃都免了，只要往來旅館和公寓就能輕鬆解決。換句話說，在這個結界內什麼都不必顧慮，能夠全心投入在締結契約上。

「我怎麼可能會在和我們的契約上，犯那麼低級的失誤呢。」

長谷川呵呵笑著告訴刃更，一切她都打點妥當了。結界內空間本身沒有任何問題，又能中途恢復正常時間速度，已經無微不至得不能再要求更多……面對如此周到的安排，刃更豈有退卻的道理。於是——

「我知道了……那麼，就讓我繼續契約儀式吧。」

當刃更湊上臉來，長谷川笑盈盈地豎起食指，按住他的唇說：

「別那麼猴急……先吃點早餐吧。而且，雖然我不太願意，不過你有必要給成瀨她們打通電話吧？」

「！……對喔。」

澪她們曾請求刃更不要只是發簡訊，希望能直接透過電話聽聽他的聲音。

「我就暫時把時間恢復原速。可是，你要在我做好早餐之前講完喔？就算只講十分鐘，放大一千倍也等於是浪費掉一個禮拜了呢。」

長谷川苦笑著這麼說之後，在刃更臉上香一下就離開寢室。

刃更隨即以手機撥打家裡固話號碼，鈴沒響幾聲就接通了。

『——刃更主人，您好。』

手機傳來語氣恭敬的女性聲音。會知道是刃更，大概是因為她一直候在電話邊，液晶面板又會顯示來電號碼的緣故吧。刃更輕聲一笑，說：

「潔絲特，抱歉這麼晚才聯絡……那邊怎麼樣？」

『是這樣的。直到前些時候，大家都還在等您的電話，不過不久之前就開始輪流入浴了，現在是輪到澪大人和萬理亞。請稍候，柚希小姐和胡桃小姐要和您說話…………——喂，刃更？』

只隔一小段空白，就換成柚希的聲音，其中夾雜著些許不安。

「柚希，抱歉讓妳擔心了……我不在的時候，有出什麼事嗎？」

『沒事，一點問題也沒有。』

可能是聽見刃更的聲音就放心了吧，電話另一頭柚希的聲音柔和許多。

第3章
細數只有你我的夜晚

和她再講了一會兒，這次換成胡桃接電話。刃更同樣先為聯絡晚了向她道歉，接著告訴她自己已經順利入住，得到的反應是——

『其實，我們已經從手機的GPS和澪她們的偵測能力知道你已經進旅館了啦……話說，那間旅館好像超級高檔耶？』

「！——是啊，我也覺得好像有點太奢侈了……」

刃更不能說那是長谷川的手筆，只好含糊其詞。

『偶爾奢侈一下也沒關係吧？萬理亞還不是也買了那麼大的浴缸……尤其是你，一直都在打個不停嘛。』

說了些諸如此類替刃更設想的話後——

『你那邊怎麼樣？聽說那邊是有名的龍脈，空氣一定完全不一樣吧？』

「是啊，真的差很多——……」

刃更也點點頭，告訴她來此遊覽的感想。

——這時，長谷川似乎已做完早餐，回到刃更所在的寢室。

作裸體圍裙裝扮的她，將兩人份的法國土司、漢堡蛋、生菜沙拉等餐點全盛在一個大盤子上捧進房來，一見到刃更還在講電話——

「…………」

就不滿地白眼瞪來。刃更趕緊查看螢幕上的時間，赫然發現已經過了十五分鐘。在刃更慌得不知該如何是好時，長谷川一語不發地走近，將盛裝早餐的大盤子置於床頭櫃，輕輕爬上床。

接著竟然伸出舌頭，在刃更腹側來回舔舐。

「！——」『刃更哥哥？怎麼啦？』「沒事……別在意。」

刃更急忙應付胡桃之餘，對長谷川投出抗議的視線。只見長谷川臉上浮起不安好心眼的笑容，舌頭慢慢地從腹側滑向肚臍——然後是更下方的位置。

「（喂！老師……？）」

「（誰教你要講那麼久……不安靜一點，小心穿幫喔？）」

長谷川竊竊地對刃更那麼說之後，在他的男性象徵上「啾」地吻了一下。

隨後吐舌上下蔓爬，塗滿光晃晃的唾液，再以雙手一起咕啾咕啾地套弄，兩三下就把刃更的陽物給搓大了。結界中倍加強烈的刺激感受，讓刃更的腰不自禁地彈了一下，但總算是忍著沒叫出聲來。

『啊，等一下——澪從浴室出來了，我給她聽喔。』

胡桃這麼說之後——

『……——喂，刃更？』

到澪接電話時，長谷川的嘴已替東城刃更做起完完全全的口交。

「嗯……啾噗、哈啊……咧嚕……哈姆、啾嚕……嗯唔……嗯啾♥」

長谷川頭一上一下地擺，嘴裡淫舌纏繞，吹得刃更忍不住一手按到她頭上。長谷川感到刃更興奮得難以自持，樂得加劇步調。

「——————！」

愈是忍耐，快感就愈是膨脹，遲早會叫出來——刃更下此判斷後不再強忍，精門一開就往長谷川嘴裡洩，緊接著——

「嗯嗯♥嗯！……嗯！……嗯啾、哈啊……啾……♥」

長谷川咕咕有聲抽動喉管，開心地飲盡刃更的精液。

當她以黏呼呼的舌頭勾舔擠出刃更陽物尖端的白濁玉液時——

『刃更……喂，聽得見嗎？』

「！……聽得見。妳剛洗完澡啊？」

『咦？嗯……是啊。』

聽了這問題，澪有點害臊地承認。

『那邊有溫泉吧？真的很厲害嗎？』

「是啊……超厲害的，真的……！」

貼著電話點頭的刃更不禁抽了口氣。長谷川見刃更遲遲不掛電話，不管他才剛射過一發，照樣用嘴懲罰他。

「啾……咧嚕、嗯……哈啊……嗯啾噗、啾嚕……哈啊……啾噗♥」

被溫熱的口腔和銷魂的舌頭又包又纏地一吸再吸，讓刃更的腰不禁愈抬愈高。

『好羨慕你能泡溫泉喔……刃更，下次我們全部一起去嘛。』

「！好啊，也對……下次就一起去吧……！——……唔！」

最後，東城刃更在澪的請求聲中，又往長谷川口中射了精。

「嗯呼♥嗯……嗯嗯！……哈啊、啊姆……啾噗……嗯♥」

長谷川將它們一滴也不漏地接在嘴裡，吐著愉悅的喘息全吞了下去。

刃更與澪約好，要找一天所有人一起泡個溫泉後，由於夢魔族的萬理亞很可能聽出電話這頭不太對勁，請澪代為向她問候就掛了電話。接著，長谷川吐出刃更的陽物，抬起眼說：

「……我特地為你做的早餐都涼了啦。」

「對不起……可是老師，拜託妳不要這麼亂來嘛，要是被她們發現——」

「不用怕，現在我的聲音，只有你這個契約對象才聽得見。只是——」

長谷川重新減緩結界內的時間流速，說：

「你對成瀨她們真的很好耶……如果要享受和她們同等的待遇，『說不定我一開始就該這麼做呢』。」

長谷川一說完就牽起刃更的右手，隨後──

「咦──……？」

刃更右手背浮現出某種眼熟的圖樣，使他錯愕地眨眨眼，圖樣卻在這時忽然消逝──取而代之地，長谷川頸部浮現項圈狀斑紋，只見她「嗯……♥」地嬌喘一聲就倒在刃更懷裡。

「老師，難道妳……？」

「是啊……我分析了你體內和成瀨她們結的主從契約的波動，也給我們結了一個，連詛咒的特性都完全一樣。這樣子，你就不能丟下我不管了吧……？」

「真是的……怎麼又這麼亂來啊……」

刃更抱著長谷川責備她的魯莽行為，然而──

「沒關係。如果在契約儀式外再結下主從契約，我就會變成唯一和你結下兩種緊密關係的人了……」

她卻欣喜地說：

「況且，我這樣一點也不亂來。你自己也不認為這種小小的魔法詛咒能讓我屈服吧？」

長谷川說得沒錯。十神長谷川即使身陷催淫效果，詛咒部分也不至於造成她身心負擔，且完全不可能威脅她生命安全。可是——

「…………」

刃更先以沉默回答。主從契約魔法在澪、柚希和刃更身上發揮了極為顯著的效果。雖然對她們造成不小負擔，但也是提昇彼此戰力、拯救了大家許多次的重要羈絆。當然長谷川沒有惡意，只是說不必為她擔心；但主從契約被她那樣輕視，感覺仍不是滋味。因此——

「——知道了。那就早餐之後再繼續吧，我想試試某種東西。」

刃更笑著這麼說，與長谷川共進她做的早餐。

飯後——刃更將長谷川帶回旅館空間。

結界內時間已是上午，但關上紙門的和室中，仍保有與夜晚無異的黑暗。

為守最後防線而只穿內褲的長谷川，應刃更要求坐到空間剛復原的和室床鋪上。刃更跟著從自己的旅行袋中取出一只小瓶子，在長谷川面前一飲而盡。

「呵呵……你要試的就是那個嗎？」

「對……所以，我們趕快開始吧。」

刃更緊捱著仍笑得游刃有餘的長谷川面前坐下，一把將她抱進懷裡強占香唇。順著後腰滑進內褲的雙手，發現她在詛咒所造成的催淫狀態下，連臀部都濕得軟嫩發燙。粗暴地一把

第3章 細數只有你我的夜晚

抓下去——

「嗯嗯！……啾、哈啊……嗯啾……嗯、呼……啊啊……嗯呼♥」

長谷川就扭起小蠻腰，舌頭也勾進刃更嘴裡，手探到他胯下替他服務。在分身被長谷川的手搓大的同時，刃更將右手抽出她的內褲，食指彎成く狀往褲襠鑽，咕啾一聲就被吞了進去。接著再勾回手指，在內褲側邊拉出一道開口。

「——要插囉。」

經過簡短的宣告，刃更就將自己的剛柱挺進長谷川的內褲。

「啊啊……嗯……哈啊啊啊……♥」

光是敏感部位被入侵內褲的陽物粗筋稍稍擦過，長谷川就輕微地高潮，腰臀不自制地發顫，叫出愉悅的喊聲，雙手緊緊地環抱他的脖子。在抬起雙腿夾住他的腰，呈現對面坐位般的姿勢後，他的右手又從背後溜進內褲，兩手一起五指大張地抓抬臀丘，開始上下突刺。

「哈啊！嗯！……呀啊、東城……啊啊……哈啊啊啊♥」

唯有身陷催淫狀態才能夠獲得的劇烈快感，讓長谷川感到私處彷彿快要著火，甩亂一頭烏亮長髮，隨刃更的動作瘋狂擺腰。海嘯般的快感，將刃更剛喝了藥的事從長谷川腦中沖得一乾二淨。

「呀——呼啊啊啊啊♥咦……？」

當兩隻手從背後悄悄揉起她的胸，使得長谷川為這意外的歡愉不禁仰身並錯愕地回頭時

——

「……東、城……？」

她見到了刃更。突發的狀況，讓她一時間弄不清這是怎麼回事。

……奇怪，他不是……

長谷川轉回正面，雙手抓著她的臀、將剛柱插入她內褲的刃更確實就在眼前，不同的是

——

……啊……

眼前這個刃更臉上浮著笑容。

「該不會……這是你剛喝的藥……不要、啊——啊啊啊啊啊啊啊啊！」

脫口而出的話，被長谷川自己的淫叫給打消了。有個硬物從背後塞進內褲，就這麼刷起她的股溝。

「呀啊、嗯……這樣……！哈啊！……一次兩根……哈啊啊啊啊啊♥」

前後洞口都被刷個不停，讓深陷催淫狀態的長谷川一眨眼就衝上亢奮頂點，噴出女性祕

泉。前後夾著她的兩個刃更也同時射精，在她內褲中灌滿溫熱的白濁液體。

「我……！……嗯、哈……啊……東城……這樣太……——？」

當沉溺於劇烈高潮餘韻的長谷川下顎放在前方刃更左肩上喘息時，才終於發現事情的真面目。

被兩個刃更前後相狹的自己周圍——還站了四個刃更。

「魔界某個女夢魔送我的餞別禮中，包含能讓我一次滿足澪她們五個的藥……不過呢，那也沒規定不能只對一個人用。」

眼前的刃更抱住茫然的長谷川，在她耳畔低語。以意圖要使她屈服的語氣。

「我們繼續吧，老師——我們的契約儀式還沒完呢。」

話一說完，分為六人的刃更就淹沒了長谷川。

第3章 細數只有你我的夜晚

9

午夜十二點，女侍們進入刃更他們的房間，開始收拾晚餐殘局。

這麼晚才動手，是長谷川預先如此吩咐的緣故。

——長谷川要館方在不會打擾他們的時間進房，安靜地收拾。

儘管料理五花八門，量也不少；但身為女性的長谷川仍將她的份吃得乾乾淨淨，刃更更是不在話下。清空的鍋盤掃去了女侍們原先的擔憂，一返回廚房就向主廚報喜。

「——不過，這兩位客人還真是不得了。」

其中一人說道。幾天前，從母公司接到這兩天整座旅館都被人包下的通知時，她們還不敢相信。這座世界馳名的高級旅館，時常吸引各界士紳名流到此留宿，不過包租全館還是頭一遭。此外，在這裡住宿需要很早之前就訂房，這週末當然也排了大筆預定，其中甚至有VIP常客。就必須直接承受顧客怨懟的旅館工作人員而言，當然難以接受母公司破天荒的決定，直到母公司表示會完全親自處理預約客的事後彌補問題，事情才終於講定。

既然客人不會直接投訴旅館，就不會鬧出什麼大問題吧。雖不知那位名叫長古川的女性付了多少錢，不過全體員工都臨時發了一筆獎金。也就是，包下旅館的必須費用，再加上需要另外支出一筆不小的數字來彌補常客的反感之後——還有不少餘額的意思吧。

老闆娘甚至嚴格要求，必須一絲不苟地提供完美服務。因此，她們盡可能地壓低音量……並一步也不靠近鋪了床的側房、浴室和臥室，分工合作地收拾餐具殘餘，將它們全都放上停在門口的推車後，就靜悄悄地關上門，離開房間。

在女侍們離開員工休息室，安靜地收拾長谷川和刃更的房間，將空碗盤送回廚房，時間

第3章

細數只有你我的夜晚

已將近十二點半。

——這時，結界裡已過了四個月以上的時間。

不過——契約儀式仍在持續。白煙繚繞的男大浴場一角，一群相同長相的少年包圍一名女子，其中央——

「啊啊、嗯……啾噗……哈啊♥嗯啾、呼……哈啊……呼啊啊啊♥」

女子跨坐在從背後揉胸的少年腰間，回頭與他嬌喘不已地濕吻。每當她雪白的騷臀上下晃動，股間就會啾噗啾噗地發出淫褻水聲。這是因為她背後的少年將自己高聳的男性象徵插入她的內褲，配合她腰部動作前後抽插的緣故。

「嗯！……哈啊、嗯……啾噗……嗯呼、啊啊嗯……咕啾……咧啾♥」

沉溺於快樂之中的女性，陶醉地與背後少年激吻之餘，雙手也伸向站在她左右的少年，套弄著他們的陽物。

以食指與拇指摳擦馬眼與冠頭時，莖部漸漸膨脹起來。於是女子加快手速，動作也更令人神魂顛倒。

「「唔……啊……唔！」」

左右少年幾乎同時射精，在女子胸口到臍邊澆下白濁汁液。

滿身精液的溫度，對現在的她而言甚至也是種愉悅的享受。

「啊嗯♥嗯、啊啊……哈啊啊♥」

在女子表情恍惚地輕扭玉體時——

「呃，長谷川老師……我也，快射了……！」

背後那從下頂臀的少年也以快受不了的語氣這麼說。於是——

「嗯！……好啊，東城……再來，想射多少就射多少……」

長谷川央求似的這麼說，雙手放開左右刃更的陽物，探進自己的內褲裡，包起仍從背後頂個不停的剛柱咕啾咕啾地搓弄。手每次上下錯動，大拇指根都會摩擦她敏感的女性肉芽，使長谷川在背後刃更噴泉似的暴洩時——

「！——————啊啊啊啊啊♥」

自己的亢奮也瞬時衝至極限，愛液從肉縫迸灑而出。隨後，長谷川背後的刃更輕輕抱住她，溫柔地揉著她的胸說：

「老師……差不多該進入下一個階段的調教了。」

「啊……啊啊……嗯，知道了……東城……你要怎樣都行……哈啊……啾♥」

長谷川續與背後刃更疊唇纏舌，徜徉在美妙的高潮餘韻中。

——刃更所服用的，是能夠製造分身的藥。

分身最多五人——意即澪、柚希、萬理亞、胡桃和潔絲特都能分到一個。雖然只論人數，本人加四個分身就夠了；不過這樣會只有一個人能享受到本尊的疼愛，可能使其他四人感到不公。

藥所製造的分身，幾乎和刃更本人一模一樣——然而，將這藥用於戰鬥並沒有意義。正如同分身能力種類雖多，但每種都有能力將遭到均分等限制一樣，藥的分身不具戰鬥力，純粹是夢魔的情趣用品。

——但是在提供性快感方面，則能發揮充分過頭的效果。

由於持續時間有八小時之久，再加上長谷川所設結界的特性，每次往來公寓及旅館之間，刃更旅行袋中的藥都會恢復成使用前的量。

不過再怎麼說，長谷川還是只有一個，能同時應付的人數有限。

所以經過多方嘗試後，刃更認為自己加分身三人一起做效率最好；不過為了讓長谷川更快屈服，刃更將五個分身全製造出來，包圍了她——六個刃更，就這麼聯手讓長谷川高潮得沒有喘息的餘地，用力使她屈服。而地點除了起初之外，全都是男大浴場。

雖然往來公寓和旅館之間，結界內情境就會復原，不必打掃洗衣；但長谷川和刃更的身體並不在此限，在大浴場做就是為了處理這個問題。這裡有大量熱水，隨時可以沖洗汗水，露天溫泉也能冷卻熱得發火的身體。

被六個刃更送進男浴場翻雲覆雨後，長谷川的性敏感度在不知不覺之間愈來愈深。連續進行了四個多月淫行的現在，長谷川終於得到刃更的認同，要將調教帶入下個階段。

隔天起——長谷川被徹底地灌輸了伺候刃更時應有的技術。

長谷川與刃更們從早交纏到晚，口交乳交手交緊貼股交等侍奉方式，全都被仔仔細細地重新教了一輪，漸漸理解到其精妙之處——每當使刃更的快感衝上更高境界，長谷川都能確實感到技術進步，認為自己是個能真正取悅刃更的女人，步步看清性服侍真正喜悅的全貌。刃更認同長谷川的技術達到一定水準後，再度以多人圍攻使她屈服——而侍奉技術經過大幅提昇的長谷川，已經能同時滿足四個刃更了。

於是，刃更讓其餘兩名分身吸吮她左右乳房——到這一刻，長谷川總算同時受到六名刃更的調教。能夠一人不漏地取悅所有刃更的日子，對長谷川而言是那麼地幸福——一不留神就時光飛逝，窗外的夏季風情，已染上濃濃秋意。

10

第3章 細數只有你我的夜晚

——此後，刃更與長谷川的荒淫生活也一天不斷地持續著。

儘管六人的長期圍攻可以對長谷川灌注無與倫比的屈服感，但真正的刃更總歸只有一個；不讓她在實際狀況下屈服，其實沒有意義。

於是，刃更從某個時期之後就不再用藥，獨力進行使長谷川由衷屈服於他的調教。

到這時候，長谷川無論是胸臀唇舌等身上任何一個部位，都被錘鍊成能讓刃更一轉眼就亢奮至極的淫蕩質地。

「嗯……啾噗！哈啊……東城……嗯啾♥嗶喳……啾、嗯乎……啊姆、嗯啾……啊啊……啾嚕……咕啾、啊姆……咧嚕……啾噗♥」

將一對六時使出的渾身解數，毫不保留地運用於取悅一名男子的途中，長谷川成了一個僅僅是贏得刃更的讚賞而被撫摸臉頰或頭髮就會媚叫不已，每次見到刃更高潮都會狂喜得打從身體深處發起抖來的，性服侍的俘虜。

爾後。

……想不到，我真的會被東城馴服到這種地步……

當結界內的旅館窗外堆起雪的某天夜裡——今天的調教課程結束後，長谷川在西式臥房床上枕著刃更的手，看著身旁這名少年的側臉。

「……老師，妳睡不著嗎？」

刃更發覺她的視線，關心地問。

「嗯……所以在看你。」

長谷川臉上浮起淺笑。結界內的獨處生活轉眼就快滿一年……刃更的五官略加精悍，肉體也更加壯實，身高和頭髮都有所增長。

「——那我來幫妳做點助眠運動吧？」

光是聽刃更微笑著這麼說，一股灼熱就從長谷川體內流遍全身。

「嗯……來吧，東城。」

長谷川濕著眼撒嬌似的請求後，被坐起的刃更擁抱起來，在他大腿上對面而坐。接著脫下薄紗睡衣，只剩一件內褲，以發燙的眼神向眼前刃更送出雙唇，主動纏舌激吻。

「啾……哈啊、嗯……啊啊……東城……♥」

刃更也以甩也甩不開的舌功回應她，同時輕輕揉起她的胸。那不像調教時那麼激烈，完全是為了將長谷川的心導進甜蜜的幸福。

——若只是單方面接受調教，長谷川不會被刃更征服到這種地步。

將進食與休息以外的時間都傾注於使長谷川屈服的每一天中，刃更不時會要求長谷川的疼愛……每一次都使她對刃更的愛更加濃厚，讓她對於被刃更調教感到深深的喜悅，愈陷愈深。

第3章
細數只有你我的夜晚

起初，長谷川為了幫刃更盡可能地多獲得一些力量，曾將結界內的時間流速降得更慢，想將他拴在這裡——結果立場一下子就反轉，如今鏈條完全拴在長谷川的脖子上。儘管現在就結束契約儀式，已能夠借給刃更相當強大的力量，但刃更還不打算結束調教長谷川。

……是因為這個嗎？

都快滿一年了——長谷川的主從契約項圈狀斑紋仍未消退。這表示，屬下尚未對主人完全屈服。

無論在快感中沉溺多深、對刃更多麼迷戀——神長谷川也極不可能達到那種程度的屈服。所以，她也曾勸刃更別太過在意，然而刃更絲毫不死心，持續地調教長谷川。

「嗯……啊、哈啊啊啊啊♥」

為喘息而鬆口時，刃更頭一低就溫柔地吸起乳頭，使長谷川舒爽地扭身擺腰。

雙手交抱刃更的頭凝視他的神情，在長谷川心中激起奇妙的感觸。當年吸吮拉法艾琳母乳的可愛嬰孩，如今長得比長谷川更為高大，且陶醉地吸著她的乳頭——

……我也對東城……

心裡朦朧地冒出這想法的同時——長谷川胸中怦然一熱，緊接著——

「！——……？」

刃更也嚇了一跳而鬆口放開她的胸，咕嚕一聲吞下了某種東西。

「咦…………？」

低頭一看，被刃更吸過的左乳頭尖端，正潺潺溢出白色液體。明白這狀態意味什麼的瞬間——

「沒、沒有……這是……！」

長谷川慌得滿臉通紅。她並沒有懷孕——事實上，假如她真的懷了刃更的孩子，也只會感到欣喜，不會緊張。

契約儀式發動中的長谷川是處於十神狀態，只要是為了刃更，就能使用她原有的力量。這樣的長谷川，在持續接受刃更將近一年的調教後，已經轉變為光是想像自己餵食刃更母乳，也能在沒有懷胎的狀態下分泌乳汁的體質。

就在這意外狀況使得長谷川羞得抱胸遮掩時——

「——把手拿開，阿芙蕾亞。」

眼前的刃更，以低沉聲音對長谷川下令。

這命令嚇得長谷川渾身一抖，抬頭看見原本那麼溫柔的刃更，正以調教時也不曾顯露的冰冷眼神看著她。

「——————」

刃更過去都稱呼長谷川「老師」，現在卻改成「阿芙蕾亞」——明白其背後意義，讓長

谷川吞了吞口水。刃更應該是見到她泌出乳汁而感到羞恥，認為現在正是讓她完全屈服的最佳時機吧。

長谷川也有同樣預感。要向刃更更進一步地屈服，絕不能放過這個機會。

……啊……

這時，長谷川見到刃更那矗立在她眼前的男性象徵，脹得前所未有地巨大——光是看這一眼，就讓她徹底淪陷了。陣陣脈動的那東西，在接受近一年調教的長谷川心中豈止無法抗拒，簡直是絕對的權杖。

「…………………！」

因此，長谷川聽從了刃更的命令，慢慢退開遮掩胸部的手。隨之而現的乳房尖端滿脹，在刃更吸吮的餘韻中一顫一顫地抖。

「……——我讓妳舒服一點。」

刃更眼神晦暗地低聲這麼說之後，將嘴湊往她的胸，緊接著——

「————♥」

左乳頭被刃更貪婪地猛吸，讓長谷川在將母乳噴進他嘴裡的同時劇烈高潮。

右乳頭也一併噴濺母乳，女性淫液更從股間激射而出。

「呃……啊啊……啊哈啊啊♥」

即使因超乎負荷的快感陷入呼吸困難的感覺，腦袋一片空白的長谷川也仍然愉悅地渾身抽搐。

十神高貴的容顏早已不知去向，現在的她終於接受，自己是被刃更及其所賜快感俘虜的女人，臉上只有痴醉的淫蕩面目。

長谷川千里——十神阿芙蕾亞，就在這一刻完全墮落了。

施予愉悅、使她墮入快感深淵的刃更也血脈賁張——回過神後，長谷川發現自己已泡在房間附設的露天溫泉裡，被刃更的嘴刷弄乳頭吸吮乳汁。過去學的無數侍奉技術，在刃更不斷吸去乳汁而造成恐怖快感面前，一點用處也沒有。

「哈啊啊啊！東城……救、命……啊啊……用力、嗯！……呼啊……哈啊啊啊啊♥」

刃更每吸一口，都讓長谷川另一側乳頭也噴出母乳，全身不由自主地痙攣。長谷川的母乳就像一口肉慾的湧泉，不一會兒就將原本透明的溫泉水染成乳白色。一想到自己的母乳不只被刃更吃下肚，還從皮膚滲入他的體內，長谷川就興奮得比在男浴池同時被六個刃更調教時更為迷亂，著了魔似的向刃更屈服。

長谷川如此淫亂的模樣，看得刃更雙目冒火，理性瞬時燒個精光。就在這時，長谷川感到浸泡在混雜她愛液與母乳的溫泉中的內褲，被扯了下來——不，失去理智的刃更直接狠狠地將內褲撕成碎片。

第3章 細數只有你我的夜晚

「……——啊嗯♥」

現在的長谷川，甚至對此沒有喜悅以外的感覺。下一刻，她已被刃更雙手按著肩，用力壓在浴池邊上。

「！……老師……！」

刃更亢奮得喘著粗氣，向長谷川低吼他的欲求。事已至此，這在求些什麼自然是昭然若揭。為了信守兩人間絕不跨過最後底線的承諾，刃更調教時也從來沒脫過長谷川的內褲——而這道禁封，如今卻被刃更親手撕毀。因此——

「……啊、啊啊……♥」

長谷川感到一股令人麻顫的欣喜。跨越這道最後底線，不僅是毀棄彼此的承諾——對澪幾個更是種不小的傷害。刃更一直都將她們放在任何事之前，現在竟然把這份感情向後拋，以自己對長谷川的慾望為優先——即將被刃更奪去初夜的悖德感，讓長谷川發著抖妖豔一笑——

「！……來吧，刃更。快點……」

並彷彿要讓刃更在沒開燈的露天溫泉裡也能看清楚般，兩隻手慢慢地撐開自己的肉縫。

第3章

細數只有你我的夜晚

那就像——一場由絕美保健室老師親身示範的健教課程。

長谷川沾滿愛液的私處在月光下淫光閃閃，簡直勾魂蝕腦。

「…………」

雙目映滿這模樣的東城刃更，不禁猛吞口水。

長谷川那小嘴大開，牽出蜜液銀絲的私處，即使吸飽了快感而充血成誘人的色澤，但入口處向內不遠，那證明她不曾嘗過男性真正滋味的環狀肉壁依然完好，滿心期待刃更將它頂破。

長谷川再也沒多說一句話。

只是勾引刃更似的稍微抬腰——

蠱媚地輕笑一聲。

「呵呵……」

「——————」

剎那間，東城刃更的理性完全崩潰，將他勃起至極的剛柱抵上長谷川的入口。那裡似乎也做好了迎接的準備，咕啾地發出雀躍的聲響……並隨刃更就此向前挺腰，被那尖端一點又一點地擠開，將刃更的陽物漸漸吞下。

就在刃更的尖端接觸環狀肉壁那一刻——

「！——嗯啊啊啊啊嗯♥」

長谷川顫喉媚叫著猛一仰身，噴瀉女性的泉露。

沒有比「奇蹟」更好的詞，能夠形容這個長谷川不禁抬腰使得刃更的陽物意外滑出，沒能直接達陣的狀況。

「哈……啊……！東城……哈啊、嗯！……啊啊……♥」

在遠勝過去任何一次的劇烈高潮衝擊下，長谷川茫茫然地喘息呻吟，讓不同境界的快感完全融化她的意識。

——成瀨澪是胸，野中柚希是臀，潔絲特是耳。

聽說刃更使她們第一次屈服時，都是藉攻擊那些弱點解除詛咒而展開主從關係。然而經過將近一年的調教，刃更依然找不出她弱點所在。但由於刃更施予的快感十二分地足夠，長谷川也沒有過於牽掛。

而現在，這個遍尋不著的解答終於揭曉。

……這裡就是，我的弱點……

雖然短時間難以置信，不過包覆長谷川全身的高潮餘韻告訴她，那是千真萬確。

第③章
細數只有你我的夜晚

「………………」

片刻，長谷川慢慢起身背向刃更——跨開雙腿，對他高翹豐臀，暴露那垂滴溫熱蜜液的女性祕縫。

「————」

這讓刃更緩緩地向前伸手——

「嗯~不要用手指嘛……東城。」

長谷川撒嬌似的央求，將右手移往自己的胯下。

——僅是如此，就足以理解她想怎麼做了吧。

刃更讓那右手握起他的男性象徵——並在長谷川跟著用手和胯下蹭弄起來時，從背後與她全身緊密貼合，兩手繞到前面用力搓揉胸部。

「哈啊……！啊……啊啊……♥」

長谷川即刻輕洩嬌喘，兩乳不由自主地溢流母乳；但手沒有停下，反而加速套弄刃更的陽物。劇增的快感，使那東西逐漸脹得更大更硬——

「！……啊……老師！」

當刃更欲仙欲死地疾聲呼喚——長谷川千里手一拉就將刃更的尖端導向自身入口，給自己致命的一擊。

——讓刃更朝她的處女膜直接射精。

11

東城刃更作了一個夢。

那是一場，與長谷川日日夜夜放蕩縱欲的淫夢。

即使在夢中，長谷川也是美得無與倫比，接受著刃更的徹底調教。

當長谷川招式盡出地替刃更口交時——

「嗯————……」

刃更睜開眼睛，發現自己人在鋪了一組床的旅館和室裡。

「哈啊……啾噗、嗯……啾嗶……嗯啾……呵呵，東城，你醒啦……♥」

赤裸的長谷川，正起勁地吸著夾在胸間的東西。見到刃更醒來後，媚笑著向他道早。

「……老師早。」

刃更一手撫摸老師的頭，一手拿起放在枕邊的手機查看現在時刻。就快早上八點了。

「契約儀式結束，老師解除結界以後，我睡了多久？」

第3章 細數只有你我的夜晚

清楚感到，與長谷川在結界中度過的這一年全是現實後，刃更這麼問。

「嗯……啾……哈啊……嗯，大概不到兩小時吧……嗯嗯♥」

「那──這中間，老師一直都是這樣嗎？」

「呵呵……是啊，看到你的睡臉，我怎麼也忍不住嘛。」

長谷川改以胸部伺候刃更，並承認自己的淫行。

她的眼瞳，如今深深沉溺於淫慾之中……這樣的她，沒有任何推托的空間。

──經過漫長的契約儀式，兩人結下了新的關係。

東城刃更，已將長谷川千里完全調教成自己的性奴。

縱然是神，也無法否定這個事實。

「放心……我已經是你的人了嘛。這是我自己想要的，你只是滿足我的願望而已，沒有失信於任何人。我們以後該怎麼辦，以後再想就好……現在，就再多享受我一下下嘛。」

我們不是約好了嗎？

「在你回到成瀨她們身邊之前──這趟旅行期間，你只屬於我一個。」

長谷川又嫣柔一笑，胸舌手併用地提供更淫猥的性服侍──於是刃更也順了她的意。

……已經是，我的人啦……

這麼說的長谷川，確實是一臉幸福地侍奉著刃更。兩人的新關係──雖然是長谷川主動要求的沒錯，但選擇答應的，是刃更自己。

——想後悔也來不及了。

因為自己已將長谷川千里納為己有——獲得十神阿芙蕾亞的護祐這張新王牌。

又憑自己的意願，選擇了守護自身日常生活的道路。

爾後——前來準備早餐的女侍們，都發現刃更和長谷川的外貌和兩人間的互動與昨夜大不相同，但一個字也沒有多言，只有請他們在退房前盡情隨意享受。

刃更也接受了館方的好意，在獨占的大浴場和長谷川盡情確認他們的新關係。

接著在老闆娘等全體旅館人員的恭送中，坐上館方安排的計程車，來到昨天無緣一見的世界遺產級佛寺，陪長谷川開開心心地參觀。

到了傍晚，就搭乘事先訂了票的電車返回東京。

踏入家門之前——都守著與長谷川的約定。

後記

　　已經讀完本書的讀者，以及從這裡翻起的讀者大家好，感謝各位閱讀本書，我是上栖綴人。

　　話說，這本第八集分為限定版與普通版兩種，限定版除了封面插圖稍有不同，還附了張OVA BD。片子裡是澪幾位主要女角色和長谷川等實在無法在電視上播出的養眼橋段，希望購買限定版的讀者都能看得滿意。然後，動畫版第二季《新妹魔王的契約者BURST》預定於秋季開播，這部分也請各位多多關照！

　　接著是關於本書的一點內容。第一章可說是在前一集告一段落的魔界篇尾聲，內容關乎《新妹魔王》的重點設定，第二章則完全是日常生活。刃更幾個從魔界歸來，展開同居生活新的一頁，而鏡頭較集中在蘿莉色夢魔萬理亞身上。第三章是刃更和長谷川的超恩愛幽會之旅，這裡也接觸到一些關於刃更的身世、迅的過去等，時序在第一集之前許多年的重要背景設定與劇情。另外，由於長谷川擁有大批狂熱粉絲，為了盡可能地回報他們的期待，我在殺必死場景稍微多下了點功夫，想不到竟變成了這種結果，連我自己都嚇了一跳。就個人理想而言，我原本是打算在這集寫點關於半吸血鬼橘七緒，和副會長梶浦立華在那場聖誕節的慶功宴後的變化……不過搬到下集開頭，應該也不錯吧。

還有一點要特別說明。這集中，柚希和胡桃的戲份比較少；但如同後頭的下集預告所示，她們的戲份在下集預定會翻上好幾倍——再來，我要向本作所有相關人員致謝。

Nitroplus的大熊老師，感謝你儘管工作愈來愈忙，也還是抽空畫了那麼多令人口水直流的插圖！みやこ老師……畫萬理亞篇的時候終於到啦！萬理亞真的可愛得不得了，讓我每個月都看得好開心。木曾老師，很高興能在白泉社的餐會上和你見面，未來也請你用力活用青年雜誌的武器，讓《新妹‧嵐！》豪放地狂飆下去！感謝各位動畫工作人員，第一季之後又馬不停蹄地推出ＯＶＡ、第二季。責任編輯，以及各界關係人士，這次我進度真的很糟，非常抱歉……對其他人都是道謝，到了這邊卻每次都是道歉，真的很不好意思。最後，我要將最大的感謝獻給所有書店，與購買本書的讀者。那麼，還請各位繼續支持《新妹魔王》。

上栖綴人

（註：上述為日本方面的情況。）

賀
第八集發售！
2015.5

與刃更誕生有重大關連的兩位女性……可以把迅跟她們的過去寫成外傳嗎，上栖老蘇～(゜ω゜)=(=゜ω゜)偷瞄

©Hiro Ito 2014

Kadokawa Light Novels

女騎士小姐，我們去血拼吧！ 1 待續

Kadokawa Fantastic Novels

作者：伊藤ヒロ　插畫：霜月えいと

面對外星人（章魚外型）和異世界人的到來
這個看似普通的鄉村小鎮卻見怪不怪？

麟一郎是個住在日本鄉下地方的普通高中生，某天發現了從異世界逃亡至此的公主和女騎士，便展開一段不可思議的故事！——你一定以為是這樣吧？但故事舞台卻是位於異世界人的存在並不稀奇的普通鄉村小鎮，一場女騎士系鄉村日常喜劇就此展開。

NT$180/HK$55

台灣角川

國家圖書館出版品預行編目(CIP)資料

新妹魔王的契約者 / 上栖綴人作 ; 吳松諺譯. --
初版. -- 臺北市 : 臺灣角川, 2015.07-
冊 ; 公分
譯自 : 新妹魔王の契約者
ISBN 978-986-366-590-8(第7冊 : 平裝). --
ISBN 978-986-366-802-2(第8冊 : 平裝)

861.57 104010141

Kadokawa Fantastic Novels

新妹魔王的契約者 8

（原著名：新妹魔王の契約者 VIII）

2015年11月25日　初版第1刷發行

作　者：上栖綴人
插　畫：大熊猫介
譯　者：吳松諺

發行人：加藤寛之
總編輯：蔡佩芬
主　編：吳欣怡
文字編輯：黎夢萍
資深設計指導：黃珮君
美術設計：胡芳銘
印　務：李明修（主任）、張加恩、黎宇凡、潘尚琪

發行所：台灣角川股份有限公司
地　址：105台北市光復北路11巷44號5樓
電　話：（02）2747-2433
傳　真：（02）2747-2558
網　址：http://www.kadokawa.com.tw
劃撥帳戶：台灣角川股份有限公司
劃撥帳號：19487412
法律顧問：寰瀛法律事務所
製　版：巨茂科技印刷有限公司
ISBN：978-986-366-802-2
香港代理：香港角川有限公司
地　址：香港新界葵涌興芳路223號
新都會廣場第2座17樓 1701-02A室
電　話：（852）3653-2888